天山魔神
천산
마제

일륜 新무협 판타지 소설

FANTASTIC ORIENTAL HEROES

천산마제 5

일륜 新무협 판타지 소설

초판 1쇄 찍은 날 § 2010년 5월 13일
초판 1쇄 펴낸 날 § 2010년 5월 19일

지은이 § 일륜
펴낸이 § 서경석

편집장 § 문혜영
편집 § 서지현 · 이수민

펴낸곳 § 도서출판 청어람
등록번호 § 제1081-1-89호
등록일자 § 1999. 5. 31
어람번호 § 제2-1928호

주소 § 경기도 부천시 원미구 심곡2동 163-2 서경B/D 3F (우) 420-822
전화 § 032-656-4452 팩스 § 032-656-4453
http://www.chungeoram.com
E-mail § chungeoram@chungeoram.com

ISBN 978-89-251-2177-2 04810
ISBN 978-89-251-2081-2 (세트)

천산강호 5

天山魔帝

천산마제

일륜 新무협 판타지 소설

청어람

目次

第一章
주인에게 돌려줘야지

천산마제

'지, 지금 내가······.'

조빈은 자신의 눈앞에서 벌어지고 있는 일들이 현실처럼 느껴지지 않았다. 죽이려고 했던 여자는 멀쩡했고 그 앞에는 젊은 녀석이 건방진 표정을 짓고 서 있었다.

"이······!"

용악을 죽이려고 몸을 일으켰다. 손짓 한 번이면 죽일 수 있는 녀석이었다. 하나 몸은 쉽게 일으켜지지 않았고 움직임 또한 자유롭지 못했다.

언제, 누구에게, 어떻게?

전각 기둥에 몸이 박혀 있다는 것을 인지하는 것과 동시에 떠오른 질문들이었다.

암흑대멸겁이 막 황보소소를 때리려는 순간까지는 기억이 났다.

'그러고 보니 저 계집 앞으로 웬 그림자가 끼어든 것… 설마!'

조빈은 눈을 동그랗게 뜨며 오연히 선 용악을 노려봤다. 용악은 많이 봐줘야 이십대 후반이었다. 엄마 뱃속에서부터 무공을 익혔어도 조빈을 상대할 수 있을 리가 없었다.

그러나 조빈의 시선이 용악의 손에 닿았다.

반쯤 투명해진 용악의 손.

'천마수!'

조빈은 용악의 손을 보는 순간 자신도 모르게 혈교의 보물 중 하나를 떠올렸다. 혈교의 무상지보 중 하나로, 천마의 힘이 담겨 있는 보물을.

"주인을 그렇게 똑바로 쳐다보는 종은 없다."

말이 끝나기도 전에 용악의 신형은 조빈 앞에 와 있었다.

"주, 주인?"

"아직도 너를 날려 버린 수법이 뭔지 모르겠느냐?"

"나, 날려 버려?"

"천마벽이다."

'천, 천마벽!'

조빈의 눈이 찢어질 듯 부릅떠졌다.

혈교무공을 익힌 그가 천마벽을 모를 리 없었다.

"네가 어… 컥!"

조빈이 또다시 용악에게 하대를 하려 하자 용악은 조빈의 목을 한 손으로 움켜쥐며 들어 올렸다.

"이, 이것 놔… 커헉! 소, 손이! 크아아아!"

조빈은 용악의 손을 뿌리치려다 말을 듣지 않는 자신의 손을 보게 됐다. 손가락들이 제멋대로 꺾이고 부러진 상태였다.

"너는 혈교의 무공을 익혔다. 훔쳤든, 어쨌든. 그것으로는 내 손을 못 벗어나."

"그따위… 으으으……!"

조빈은 전력을 다해 호신강기를 일으켜 용악의 손에서 벗어나려 했다.

"내가 바로 천마다."

"……!"

조빈은 귀가 윙윙댔다. 귀를 통해 머릿속으로 전달됐다는 것이 정확한 표현일 것이다.

간지럽지는 않았으나 귓속을 비비고 싶었다. 하나 손이 말을 듣지 않아 어깨로 비벼댔다. 양 손가락의 고통은 이미 잊은 후였다.

스스로 천마임을 밝힌 용악은 그런 조빈을 응시했다.

아무것도 하지 않았다. 조빈의 인정을 바라지 않기 때문이다. 한데도 너무 자연스러웠다.

조빈은 용악의 손에서 벗어나려 했고, 그럴수록 용악은 더욱 강한 힘으로 목을 조였다.

결국 조빈은 의식을 잃기 직전까지 갔다.

"끄르르……."

"너는 황보세가에 오지 말았어야 했다. 황보 소저를 노린 순간, 너는 이미 죽은 것이나 다름없다. 하지만 이대로 죽으면 내가 여기까지 달려온 보람이 없지."

용악이 옥죄고 있던 손아귀의 힘을 풀었다.

"…아, 아직……."

숨통이 트이자마자 조빈은 눈을 빛내며 혼잣말을 했다. 그에겐 아직 혈강시 열 구가 남아 있었다.

"저것들을 믿는 거냐?"

용악은 조빈의 속을 꿰뚫어 보는 것처럼 다가오는 혈강시들을 돌아봤다.

특별히 기를 드러낸 것도 아닌데 빠르게 미끄러져 오던 혈강시들이 주춤거렸다. 용악의 전신에서 조빈의 명령을 간섭하는 강한 기운이 일어난 까닭이다.

천마수였다.

"놈을 죽여!"

조빈이 부러진 손가락으로 용악을 가리켰다.

조빈에게 혼이 제압당한 혈강시들. 주춤했던 동작이 다시 살아났다.

"내게 이빨을 들이댄 것들은 전부 부숴 버린다."

'부순다고? 크크. 혈강시를?'

조빈은 웃었다.

웬만한 힘으로는 몸에 흠집조차 낼 수 없는 혈강시를 부수겠다? 조빈에겐 기회가 왔다는 말로밖에 들리지 않았다.

혈강시가 다가오는 것을 보던 조빈이 몸을 뒤로 빼려 했다. 순간, 무언가 그의 목을 덥석 잡았다.

'무슨……!'

조빈은 당연히 뇌줄 것이라 여겼으나 용악의 손에 잡혀 또다시 '켁켁' 거려야 했다.

"이 손은 놓지 않아."

'이, 이런 미친놈!'

혈강시들이 용악의 바로 앞까지 다가왔다.

쾅!

혈강시 하나가 용악의 몸에 정면으로 부딪쳤다.

다른 혈강시들은 어깨, 복부, 다리 등 조빈을 피해서 용악을 마구 때렸다. 아니, 조빈의 눈에는 그렇게 보였다. 용악과 부딪친 혈강시가 튕겨 나가 땅과 전각을 부수는 모습을 보기 전까지는 그랬다.

'이, 이럴 수가… 이놈은 정말로 천마벽을 익혔다!'

혈강시들이 용악과 부딪친 속도보다 더 빠르게 튕겨 나가는 것을 지켜본 조빈의 표정이 해쓱해졌다.

오직 천마벽만이 저런 위력을 보일 수 있었다.

호신강기는 아니지만 그보다 더 강한 방어력을 지니며, 천마벽을 펼친 상태에선 주먹 하나에도 만 근의 거력이 실려 있다.

혈교에 몸담고 있을 당시에 읽었던 책의 내용이었다.

조빈은 그때 읽었던 구절과 똑같은 광경을 실제로 보게 될 줄은 몰랐다.

"두 번째로 사용하는데 이 정도 위력이면 괜찮군."

'두, 두 번째?'

조빈의 두 눈이 밖으로 튀어나올 뻔했다.

천마벽을 두 번째 펼친다는 뜻이기 때문이다.

꾹.

"……!"

조빈은 용악의 손이 조여지자 소스라치게 놀랐다.

용악의 손은 여전히 조빈의 목을 잡고 있었다.

우드득!

용악이 노린 것은 목이 아니었다. 목을 통해 어깨로 이화유 능제를 보내 어깨를 제압한 것이다.

기분 나쁜 음향과 함께 조빈은 '억' 소리도 내지 못하고 그대로 무릎을 꿇었다.

어깨가 탈골된 까닭이다.

픽!

조빈의 입이 벌어지며 침이 흘러나왔다.

가볍게 건드린 용악의 손을 통해 들어간 이화유능제는 조빈의 내장기관을 마구 뒤흔들어 놓았다.

"아직."

용악은 숨도 못 쉬는 조빈을 들어 올려 그대로 땅을 향해 내리꽂았다.

꽉!

조빈의 몸이 어깨까지 땅속으로 들어갔다.

그제야 용악은 조빈의 목에서 손을 뗐다.

"끄아아아악!"

용악의 손에서 자유로워진 조빈은 그제야 폐부에서부터 흘러나오는 비명을 피와 함께 터뜨릴 수 있었다.

"주인을 못 알아본 죄는 거기까지로 하지. 아직 두 가지 벌을 받으려면 살아 있어야 하니까. 혈교를 배신한 것과 황보세가에 발을 들인 벌."

용악은 차갑게 말을 하며 양손을 들어 올렸다. 마치 무언가를 들어 올리는 듯한 시늉이었다. 잠시 후, 사방으로 흩어졌던 혈강시들이 허공에 떠올랐다.

허공으로 떠오른 열 구의 혈강시를 바라보던 용악은 이내 고개를 가로저었다. 황보소소에게 주었던 혈강시 두 구처럼 부리긴 힘들어 보인 탓이다.

혈강시 두 구가 용악의 손으로 빨려 들어왔다.

천마수가 더욱 투명해지며 혈강시 두 구를 향해 손을 폈다.

퍼퍽!

흑갈색 용액이 혈강시의 몸에서 빠져나오며 파헤쳐진 땅을 적셨다.

용악이 조빈과 혈강시 열 구를 박살 내는 동안, 황보세가의 정문에서 다섯 명의 고수가 모습을 드러냈다.

"사로는 명을 받들라."

악승의 목소리는 달라져 있었다.

둥그런 그의 전신에선 멀리서도 한기가 오싹하게 느껴질 정도의 마기가 줄기줄기 흘러나왔고, 악승과 시선이 마주친 파천마궁도의 전신은 그 자리에서 굳어져 버렸다.

악승의 부름에 양옆으로 둘씩, 네 명의 노인이 모습을 드러냈다.

그들은 하나같이 백발의 노인들이었다.

개개인은 악승과 비교하기엔 다소 무리가 있었으나 넷이 모이자 악승 못지않은 마기가 흘러나왔다.

"사로, 대장로의 명을 기다립니다."

"쓸모없는 것들만 죽인다."

악승의 말이 끝나자 사로가 한 걸음씩 양옆으로 갈라졌다.

"쿵. 저것들은 또 뭐……."

"움직이지 마라, 돌대가리."

구정효가 갑자기 나타나 주인 행세하는 악승 등에게 다가가려 하자, 돈오가 구정효의 손을 낚아챘다.

"왜 그래요, 돈오 선배?"

"……."

"아, 돈오 선……."

"풍령 악승이다."

"풍령 악승?"

"혈마의 심복이었던 자다. 이미 오십 년 전에 구대문파의 장문인과 동수를 이뤘던……."

"예? 내 눈엔 그저 뚱뚱……."

"닥치고 물러서."

돈오의 표정은 여전히 변화가 없었으나 목소리가 떨리고 있었다.

'돈오 선배… 진짜로 긴장하고 있는 건가?'

구징효는 매번 실패하는 선택을 다시 한 번 하려고 했다. 돈오의 표정을 살피려 한 것이다.

그때, 신공장이 정문을 넘어온 파천마궁도들을 처리한 뒤 두 사람의 곁에 내려섰다.

"돈오 늙은이, 저들은 누구……."

"쉿!"

돈오는 신공장의 말을 끊으며 정문 위에 서 있는 악승을 눈으로 가리켰다.

신공장의 촐싹대는 목소리를 들었던가?

악승의 시선이 신공장과 돈오에게로 향했다.

돈오는 의지와 무관한 신체의 반응이 신기하다고 여겼다. 악승과 눈이 마주치자마자 얼굴에 식은땀이 흘렀기 때문이다.

"뿌웁. 이게 누군가? 돈오와 망치장이가 아닌가?"

악승이 먼저 두 사람을 아는 척했다.

"푸, 풍령……?"

신공장은 그제야 풍령 악승을 알아보고 눈을 찢어져라 부릅

떴다.

"큿. 두 노인네가 놀랄 정도의 고수가 있다니. 신기한 일이
군."

구징효는 신공장과 돈오의 태도에 얼굴에 난 검상을 긁적이
며 악승을 쳐다봤다. 물론 그냥 쳐다볼 리가 없었다. 삐딱한
표정은 덤이었다.

'큭!'

살에 파묻혀 잘 보이지 않는 악승의 눈동자가 천천히 움직
이며 구징효를 보는 순간, 거짓말처럼 구징효의 전신이 딱딱
하게 굳고 말았다.

헌원경을 처음 봤을 때도 이 정도는 아니었다. 아니, 질이
달랐다. 헌원경에게선 적어도 이런 공포는 느낄 수 없었다.

악승의 눈에서 구징효의 전신을 꼼짝하지 못하게 만드는 마
기가 흘러나왔다. 구징효는 조금이라도 움직일 시에는 심장을
터뜨려 버리겠다는 경고를 본능적으로 느꼈다.

그런 구징효의 등으로 따스한 기운이 밀려들어 왔다.

"그만 하시오, 악승."

돈오였다.

"내가 뭘 했나? 뭘 그만 하라는 거지?"

"오십 년 전보다 더욱 강해졌구려. 싸우기 전에 한 가지만
물어보겠소. 왜 황보세가요?"

돈오는 최대한 담담한 척했다.

손이 떨리고 눈은 아렸다. 하나 손도, 눈도 다른 곳으로 움

직일 수가 없었다. 둘 중 어느 하나만 해도 악승이 구징효를 죽일 것이란 생각 때문이다.

"싸우기 전? 픕. 천산에 오래 있긴 오래 있었나 보군. 나, 악승이야."

악승은 돈오를 보며 혀를 찼다.

그러자 돈오는 마른침을 삼켰다.

차라리 마기를 드러내면 공격이라도 하기 편할 것 같았다.

악승은 혈교의 십대마인 중에서 가장 난폭한 자였고, 바람 부는 곳에선 무적이라 불릴 정도로 강한 자였다.

돈오는 그 당시의 악승을 차라리 기억하지 못하길 바랐으나 그것은 무의미했다. 이미 전신을 마기로 두르고 살기를 유형화시켜 정도의 무인들을 난자하던 살성의 모습이 겹쳐 보이고 있었기 때문이다.

'저 뚱땡이… 장난이 아니잖아?'

돈오 덕에 악승이 시선을 돌리자 구징효는 그나마 숨을 쉴 수 있게 됐다. 겨우 눈이 마주쳤을 뿐인데 아직도 심장이 벌렁 거렸다.

구징효가 정신을 수습하고 악승과 돈오를 번갈아 바라볼 때 였다.

"끄아아악!"

정문 밖에서 비명 소리가 길게 이어졌다.

파천제일단과 제이단의 단주들은 서로에게 너무도 간단히

목숨을 잃었다.

"너무 약해."

사로 중 한 명이 낮게 한숨을 내쉬며 말했다.

천마의 가신 열여덟 명으로 이루어진 사람의 원로들 중 넷이었다. 천마를 보좌하기 위해 수십 년 동안 오직 천마삼검만을 익힌 그들이었다.

그들에겐 파천마궁의 단주들 따위는 언제든 밟아 죽일 수 있는 개미에 불과했다.

츠르르!

사로의 전신을 감싸며 기이한 소리가 주위로 퍼져 나갔다. 파천마궁도들은 처음엔 반항했으나 격이 다른 마기에 제압당해 이미 전의를 상실한 후였다.

"겁먹지 말고 공격해라!"

한 인영이 주춤거리는 파천마궁도들을 선동하며 허공으로 솟구쳤다.

적완은 조빈만 오면 모든 것이 해결된다는 믿음을 갖고 있었다. 조빈은 곧 헌원경의 머리를 들고 적완에게 날아올 것이다.

"벼룩처럼 잘도 뛰는구나."

사로 중 한 명의 입가에 잔인한 미소가 떠올랐다.

사로의 행사는 천마의 길을 여는 역할이다. 그것을 방해하는 자는 누구를 막론하고 죽어야 했다.

그의 손에 들려졌던 검이 허공에 둥실 떠 있었다.

그러고는 곧장 적완을 향해 날아갔다.

퍽!

"도, 도대체……."

적완은 자신에게 날아오는 검을 어떻게 막아야 할지 고민할
새도 없었다. 그 생각을 하는 동안 검은 이미 가슴을 뚫고 지
나간 후였기 때문이다.

"이젠 좀 조용하겠구나. 주인님이 계신 곳은 조용해야지."

씨익, 사로 중 한 명이 웃었다.

정문 안에서 듣고 있던 신공장과 돈오의 시선이 마주쳤다.

"주, 주인? 저런 고수들에게 주인이……!"

신공장과 돈오의 시선이 악승을 향했다.

두 사람이 떠올릴 수 있는 고수라고는 악승밖에 없었기 때
문이다.

"풉. 이보게들, 지금 나라고 생각하는 건가, 오십 년 전에 내
가 누굴 모셨는지 아는 자네들이?"

악승의 대답에 신공장과 돈오의 시선이 다시 마주쳤다.

"혈… 마?"

"그, 그가 아직도 살아 있소?"

신공장과 돈오가 얼마나 놀라고 있는지를 여실히 보여주는
모습이었다.

"당연히 돌아가셨지."

악승은 두 사람이 놀라는 모습을 보고 특유의 웃음을 터뜨
렸다.

"그럼……."

"천마의 전인이시다. 앞으로 나, 악승이 주군으로 평생을 모실 분이기도 하시지."

"……!"

신공장과 돈오의 눈이 암담해졌다.

두 사람에게 파천마궁이나 사림은 똑같은 적이기 때문이다.

"혈교의 부활!"

돈오가 심각한 표정으로 혼잣말을 했다.

"풉. 부활? 교는 한 번도 사라진 적이 없다. 사림이 곧 교라고 할 수 있지."

"사림?"

신공장과 돈오는 악승의 자신만만한 표정을 이해할 수 없었다. 사림이 사파삼대세력 중 하나였지만 악승과 같은 고수가 자랑스러워할 만한 곳은 아닌 까닭이다.

신공장이 머리를 굴리고 있을 때였다.

"듣거라!"

악승이 정문 밖에서 어쩔 줄 몰라 하는 파천마궁도들에게 입을 열었다.

"나는 사림의 대장로 풍령 악승이다. 주군의 명을 전하겠다."

악승의 말에 파천마궁도들은 웅성거렸다.

"앞으로 사림의 식구가 되어 다시 한 번 혈교의 영광을 재현해 볼 자는 한쪽으로 움직여라. 그렇지 않고 파천마궁주를 기다릴 자는 제자리에 서 있어라."

악승은 말을 끝냄과 동시에 손을 휘저었다.

굉음과 함께 멀쩡했던 벽이 무너져 내렸고 땅에는 거대한 웅덩이가 파였다. 움직일 자들은 그곳으로 가라는 뜻이었다.

무시무시한 악승의 무위에 파천마궁도들은 누구 할 것 없이 술렁거렸다. 하나 거기서 끝이 아니었다.

"사로, 자리에 남아 있는 자들은 모두 죽여라."

악승의 한마디에 갈등하던 파천마궁도들의 움직임이 빨라졌다. 꽤 많은 인원이 웅덩이 쪽으로 움직인 것이다.

악승의 명령이 떨어지자 사로는 전신을 마기로 감싸며 제자리에 서 있는 파천마궁도들을 향해 천천히 걸어갔다.

그러자 몸을 덜덜 떨던 몇몇이 산 아래를 향해 내달리기 시작했다.

"쯧. 그건 선택에 없었던 말이지."

악승이 도망치는 자들을 보며 혀를 찼다.

그 모습에 파천마궁도들의 눈이 번쩍였다. 도망치면 살 수 있다는 생각을 품은 것이다, 산 아래로 도망치던 자들 앞에 두 사람이 나타나기 전까지는.

"어디 보자……."

악승은 사림이종이 도망치는 자들을 처리할 동안 제자리에 서 있는 자들과 웅덩이로 움직인 자들의 비율을 살폈다.

삼 대 칠 정도 됐다.

안 움직인 자들이 삼 할가량이나 된 것이다.

"사로, 끝내."

악승은 사로를 향해 고개를 끄덕였다.

사로의 검이 높이 들렸다.

'파천마궁주가 제대로 손 한 번 못 쓰고 제압당했다!'

헌원경은 용악이 조빈을 다루는 모습에 할 말을 잃었다. 파천마궁주와 손속을 겨뤄본 그였기에 팔대마공의 위력이 어느 정도인지 알고 있었다. 그런 조빈을 용악은 손 하나로 땅속에 파묻어 버린 것이다.

"황보 소저, 도움이 됐나요?"

용악 특유의 담담한 표정과 목소리에 황보소소는 웃을 수 있었다. 조빈을 처리한 것에 관해서가 아니라, 황보소소에게 붙여준 혈강시 두 구에 관한 것임을 알면서도 웃었다.

"그럼요."

황보소소는 자신있는 대답과 함께 길고 하얀 손을 내밀었다. 그동안 얼마나 강해졌는지 알아달라는 뜻이었다.

그러나 용악은 내민 손이 아닌 황보소소의 목에 시선을 고정했다.

"목에 걸고 있는 건 뭐죠?"

"할아버지께서 주신 목걸이에요."

황보소소가 대답을 하자마자 용악은 뒤돌아서며 헌원경을 바라봤다.

"헌원 노사, 마문정을 황보 소저에게 줬나요?"

"그랬다."

헌원경은 용악의 대답을 강요하는 태도가 마음에 안 들어 딱딱하게 대답했다.

"마문정이 혈교의 물건이란 것을 알면서도 말이죠?"

용악의 표정이 굳어졌다.

황보소소가 손을 펼 때 익숙한 기운을 느낀 까닭이다. 그것은 마문정의 기운이 황보소소에게 깃들어 있음을 뜻했다.

'이놈이!'

헌원경은 용악의 추궁하는 태도가 못마땅한지 인상을 썼다.

"내가 알아서 했으니 상관할 것 없다."

"그러려고 했지만… 이젠 상관있게 됐네요. 내 물건을 함부로 사용하는 걸 보니 돌려받아야겠어요."

"네 물건?"

"마문정은 원래 혈교의 물건. 그럼 주인이 회수하는 것은 당연하겠지요."

용악은 멍한 눈으로 바라보는 헌원경을 향해 기세를 일으키며 다가갔다.

"내가 바로 천마다!"

헌원경은 조금 전, 용악이 조빈을 제압할 때 했던 말을 떠올렸다. 분명 용악은 자신이 천마라고 했었다.

"지, 진짜 네가 천마의 진전을 이은 게냐?"

헌원경의 질문에 용악은 너무 쉽게 고개를 끄덕였다.

"얼마 전에 알았어요. 얘기하자면 사연이 긴데……. 일단 황보 소저의 몸 안으로 들어간 마문정의 기운부터 제거하고 난 후에 계속하죠. 황보 소저, 그 목걸이를."

용악이 황보소소를 향해 손을 내밀었다.

황보소소는 헌원경에게 양해를 구하지 않고 곧장 마문정을 풀어 용악에게 건넸다.

"소, 소소야!"

"할아버지, 용 소협이 이 목걸이의 주인이란 것을 저는 믿어요."

"허! 저 녀석의 말을 어찌 믿고."

"용 소협이잖아요."

참 많은 의미를 담은 한마디였다.

헌원경은 황보소소에게 준 목걸이를 되돌려달라고 말하고 싶은 걸 억지로 꾹꾹 눌러 참아야 했다.

"제가 아직 많이 부족해요, 용 소협. 다음에는 좀 더 나은 소소가 될게요."

황보소소는 거의 들리지 않을 정도의 목소리로 말했다.

용악은 전과 다른 황보소소의 반응에 당황했으나 이내 특유의 담담한 표정으로 돌아왔다. 기분이 좋아진 것을 들키지 않으려 헌원경을 돌아보지도 않았다.

"오래 걸리진 않을 거예요."

"아니요. 어차피 그 목걸이는 너무 무거웠어요. 제겐 이것 하나만 있으면 돼요."

"······?"

용악이 의아한 표정으로 쳐다보자 황보소소는 활짝 웃으며 목에서 무언가를 꺼내 보여주었다. 그것은 용악이 떠나기 전에 걸어주었던 은자 한 닢으로 만든 목걸이였다.

용악의 시선이 은자 한 닢에서 떨어지지 않았다.

황보소소와의 모든 인연은 저 은자 한 닢 때문이었다. 십 년 동안 용악의 가슴에 간직되어 있던 은자가 이젠 황보소소의 가슴에 닿아 있었다.

그 생각만으로도 용악은 얼굴이 달아오르는 것 같아 재빨리 시선을 돌렸다.

"···괜찮네요."

'허! 괜찮네요? 이놈이 점점······.'

헌원경은 용악의 어색한 태도에 한쪽 눈썹을 치켜뜨며 인상을 썼다.

"용 소협, 적당한 장소가 있어요. 저쪽이에요."

용악에게 장소가 필요하다는 것을 안 황보소소가 대전을 가리켰다.

"예전에 오빠와 함께 지내던 곳이 저렇게 바뀌었어요."

"저기가 안채였군요."

"많이 바뀌었죠?"

황보소소가 손짓으로 대전 주위를 가리키며 뭐라고 하더니 옆 건물로 시선을 돌렸다. 용악은 설명해 주는 황보소소의 옆모습을 보다 자신도 모르게 웃었다.

황보소소의 얼굴에 환한 웃음까지 피어나자 빛이라도 나는 것처럼 눈부셨다. 용악은 자신도 모르게 이마를 긁적였다.

"내 천금 같은 손녀 얼굴 닳겠다. 그만 쳐다봐."

헌원경이 용악과 황보소소 사이로 끼어들며 용악을 노려봤다.

"네놈이 뭘 하려는지 지켜봐야겠다."

헌원경은 용악이 뭐라고 말이라도 할까 봐 고개까지 가로저으며 황보소소와 함께 대전 안으로 들어갔다.

용악은 피식, 웃으며 따라 들어갔다.

대전 안으로 들어간 용악은 황보소소에게 가부좌를 틀고 앉도록 한 후 등의 명문혈에 장심을 댔다.

'모여드는 진기의 흐름에 막힘이 없다. 단시간에 이 정도까지 체질을 바꿀 수 있다니 놀랍다.'

용악은 진심으로 감탄했다.

황보소소의 몸은 예전에 비해 크게 달라져 있었다.

앞으로 어떤 무공을 익히는가가 중요하겠지만 기본적으로 바탕은 잘 마련된 상태였다.

용악은 마문정의 기운을 거두려다 잠시 고민에 빠졌다. 과연 지금 하려는 것이 황보소소에게 이로운 일인지 쉽게 판단이 서지 않는 까닭이다.

'저 심정, 잘 알지.'

헌원경은 용악이 왜 망설이는지 잘 알고 있었다.

황보소소의 체질을 바꾸기 위해 임독양맥을 타통시킬 때 그

역시 고민했기 때문이다.

"마문정의 기운을 제거하는 것이 옳다."

헌원경은 퉁명스럽게 한마디 건넸다.

용악이 시선을 들어 헌원경을 돌아봤다.

헌원경은 못마땅한 표정으로 마주보다 고개를 휙 돌려 버렸다.

"어차피 소소는 내 무공을 잇게 되어 있다. 혈교의 무공과는 상극이야."

헌원경이 한마디 더 건네자 용악은 낮게 숨을 내쉬었다.

"헌원 노사, 황보 소저의 몸에 있는 진기를 모두 흡수할 테니 그 틈에 일주천시킬 수 있을 정도의 진기만 불어넣어 주세요."

"음? 그 정도만 넣으라고?"

헌원경이 한쪽 눈썹을 씰룩이며 용악을 의심스러운 눈으로 쳐다봤다. 황보소소라면 일주천시킬 기운 정도가 아니라 단숨에 일류고수가 될 정도의 내공을 전해줄 수도 있기 때문이다.

"스스로 만들지 않으면 소용없어요. 흐름만 깨달으면 지금보다 훨씬 좋아질 수 있어요."

'소소의 몸에 이상한 수작을 부리거나 하진 않겠지? 하긴 그럴 놈이었으면 나보고 진기를 넣으라는 말도 안 했겠지만.'

헌원경은 용악이 하고자 하는 말을 모두 이해하고 있었다. 하나 용악의 말대로 하자니 개운치가 않았다.

"황보 소저, 강시를 불러요."

황보소소가 뒤를 돌아보며 말을 해도 되느냐는 시늉을 했다. 용악이 웃으며 고개를 끄덕였다.

"예?"

"황보 소저의 몸에서 뽑아낸 진기를 혈강시 두 구에 심으려고 해요. 그럼 좀 더 단단해지겠죠. 사용하기엔 더 편할 테고요."

"아!"

황보소소는 용악의 말을 이해하고는 혈강시를 떠올렸다. 순식간에 혈강시 두 구가 모습을 드러냈다.

혈강시 두 구를 보자 용악은 조금도 서두르지 않고 생각해 둔 순서대로 손을 쓰기 시작했다.

"들었겠지만, 몸속이 갑자기 텅 빈 것 같을 거예요. 그때 헌원 노사가 기를 일주천시켜 줄 테니 그 흐름을 잊지 말아요."

용악의 말에 황보소소가 고개를 끄덕였다.

황보소소의 몸속에서 진기를 빼내는 것은 용악에겐 어려운 일이 아니었다. 이화유능제를 황보소소의 단전으로 침투시키자 단전은 이내 활동을 멈추었고, 그 틈에 진기들을 천마수로 흡수했다.

지금부터가 중요했다. 텅 비어버린 황보소소의 단전에 헌원경의 진기를 심어야 하기 때문이다.

용악이 헌원경에게 눈짓을 보냈다. 곧 손을 뗄 테니까 진기를 주입하라는 신호였다. 헌원경은 용악과 눈이 마주치자마자 황보소소의 백회혈 위로 손을 댔다.

용악의 손이 떼어지고, 헌원경의 손이 닿는 것은 거의 동시에 이루어졌다.

'알맹이는 빠졌지만, 빠지면서 남긴 흔적은 그대로다. 그 흔적을 따라 단전까지만 닿으면……'

헌원경은 서두르지 않고 조심스럽게 황보소소의 단전을 찾아 진기를 투입시켰다. 이전에 황보소소에게 진기를 전할 때보다 배는 어려웠다.

순서가 완전히 뒤바뀐 까닭이다.

헌원경이 눈을 감고 진기를 주입하는 동안 용악도 손을 놓고만 있지는 않았다. 황보소소를 보호하기 위해 붙여놓은 혈강시 두 구의 머리에 손을 대고 황보소소로부터 흡수한 진기를 두 구의 전신에 퍼뜨렸다.

'황보 소저의 진기로 감쌌으니 더욱 교감이 심화되겠지. 천마수를 통해 들어간 진기는 이들을 더욱 단단하게 만들어줄 것이다.'

혈강시 두 구의 피부에서 아지랑이가 피어오를 때 즈음에야 용악은 손을 뗐다. 그때, 고아한 자태로 호흡을 내쉬는 황보소소의 모습이 보였다.

흑발이 등까지 내려와 허리를 가리고 있는 황보소소의 뒷모습은 용악으로 하여금 눈을 떼지 못하게 했다.

용악은 자신도 모르게 입가에 미소를 지었다. 황보소소가 무사한 것을 직접 확인했으니 이곳까지 달려온 대가로는 충분했다. 하지만 그것은 용악의 생각이었다.

헌원경이 황보소소의 백회혈에서 손을 떼자마자 용악을 곱지 않은 눈으로 쳐다봤다.

"내 천금 같은 손녀는 그만 보고 따라 나오너라."

용악은 헌원경이 황보소소를 돌아볼 틈도 없이 보채자 어쩔 수 없이 따라나섰다.

"천마의 진전을 얻은 게 확실하냐?"

용악이 대전 문을 닫는 것과 동시에 질문이 날아왔으나, 용악은 예상하고 있었다는 듯 아무렇지도 않게 대답했다.

"그런 모양이에요."

"…진지하게!"

헌원경은 용악의 퉁명한 대답에 호통을 쳤다.

"진지하게 말해도 똑같아요."

"…그렇다면 앞으론 소소 근처에 얼씬도 하지 마라."

헌원경은 용악을 응시하다가 갑자기 명령조로 말을 꺼냈다. 당연히 용악은 의아한 표정이 되어 헌원경을 바라봤다.

"오악무제는 정파를 대표한다. 장제의 손녀가 사파, 그것도 천마의 후예와 각별한 사이라는 건 있을 수 없는 일이다."

"훗. 그건 헌원 노사의 생각이고요."

용악은 괜히 심각해졌다는 표정으로 웃었다.

"뭐야? 다른 말은 필요없다. 다른 사람들이 소소를 어찌 생각할지 조금이라도 생각한다면 이쯤에서 그만두는 게 좋다."

헌원경의 표정은 무척 진지했다.

용악은 헌원경이 왜 이런 말을 하는지 모르겠다는 표정을 지을 수밖에 없었다.

"지금은 비록 마음이 아프겠지……."

"헌원 노사가 위험하다고 했으면 안 왔어요. 황보 소저가 위험하다고 해서 온 것뿐이에요. 정파? 사파? 난, 그런 것 몰라요. 다른 사람들의 시선 따위… 후후. 그런 것까지 일일이 신경 쓸 정도로 한가하지도 않고요. 물론 사람들에게 뭘 보이고 싶은 생각도 없어요."

"그게 말이 된다고 생각하느냐? 네가 발을 디디고 있는 이곳은 강호다! 강호에는 엄연히 강호의 율법이 존재하는 게야!"

"관심없어요."

용악이 짧게 끊어 말했다.

"네 마음대로 할 수 있는 곳이 아니란 말이다!"

"헌원 노사가 사는 곳이니 헌원 노사는 지키세요."

"이……."

"난 천산의 율법에 따라 살아왔어요. 앞으로도 그럴 겁니다. 정파? 사파? 후후. 천산에는 그런 구별이 없어요. 오직 살아남는 것! 그것만이 중요할 뿐이에요."

'천산?'

헌원경은 용악이 갑자기 천산 얘기를 하자 이채를 발했다. 하나 이어진 한마디에 기분이 오싹해지고 말았다.

살아남는 것!

헌원경은 적자생존의 법칙이 지배하는 강호에서 평생을 보냈다. 용악의 마지막 말은 그에게 너무도 익숙한 말이었다.

그런데 뭔가 달랐다.

살아남아야 한다는 말이 용악의 입에서 나와서 그런 걸까?

헌원경에게는 전혀 다른 말처럼 느껴졌다. 마치 용악이 현실과 동떨어진 삶을 살아온 것처럼 느껴졌다고나 할까?

"너… 도대체 누구냐?"

헌원경은 진지하게 용악에게 물었다.

겉모습은 황보세가를 떠나기 전과 별 차이가 없었다. 한데 분위기는 완전히 달라져 있었다. 조빈을 상대하던 무위나, 천산에 대해 언급하는 용악의 모습은 완전히 딴사람이었다.

"몇 번을 물어봐도 황보세가의 식객이었잖……."

"그런 것을 묻는 게 아님을 알잖느냐! 왜 네 출신이 천산이라고 하지 않았느냐? 천산의 율법에 따라 천산에서 자랐다고? 아니, 그걸 왜 이제야 얘길 하느냐? 그리고 천산과 천마는 무슨 관계가 있는 게냐?"

용악의 미적지근한 대답에 만족하지 못하고 헌원경은 쉴 새 없이 질문을 해댔다.

"천산에서 십 년을 보냈어요. 그것뿐이에요. 얘기 안 한 건 물어보지 않아서일 뿐이에요."

"……."

헌원경은 용악의 단순한 대답에 더 이상 물어볼 말을 찾지 못하고 지그시 바라볼 뿐이었다.

"이해가 안 가는구나. 너를 처음 봤을 때는 마기가 전혀 느껴지지 않았다. 그런 네가 어찌… 아니, 그것부터 설명해 봐

라. 어째서 네겐 마기가 느껴지지 않았던 거지?"

"마기요? 음……."

용악은 헌원경을 보다가 이마를 긁적였다.

"솔직하게 말씀드려요?"

"당연하지!"

"사실, 헌원 노사가 말씀하시는 마기가 뭔지 모르겠어요. 일흡의 무공이 천마신공에서 파생된 것임을 얼마 전에야 알았거든요. 마기라는 말이 뭔지 모르겠어요. 헌원 노사, 마기가 뭔가요?"

"뭐?"

헌원경은 용악의 반문에 어이없는 표정이 됐다.

"마기는 나쁜 건가요?"

용악이 재차 담담한 어조로 물었다.

헌원경은 자신의 눈으로 보고 있으면서도 이 난감한 상황을 어떻게 해야 할지 고민스러워지고 말았다. 용악은 진짜로 마기가 어떤 건지 모르는 표정이었기 때문이다.

그러다 헌원경은 스스로에게 질문을 던졌다.

'마기가 뭐지?'

헌원경은 곧바로 대답이 떠오르지 않자 머릿속을 망치로 두들겨 맞은 사람처럼 눈동자를 떨었다.

"나, 나쁜 거냐고? 당연히 나쁜 거지! 마기 때문에 마인들이 생겨나고, 그들로 인해 얼마나 많은 사람들이 죽어가는지 아느냐!"

이것이 올바른 설명이 되는지 헌원경은 말을 하고 나서도 확신이 서질 않았다. 평생을 마기와 싸워온 그의 입에서 이런 원론적인 말이 나올 줄은 상상도 하지 못했다.

"말이 이상한데요? 헌원 노사의 말대로라면 마인들은 무고한 사람들을 죽여야 하잖아요? 그럼 헌원 노사는 무고한 사람을 죽인 적이 없나요?"

"무슨 말도 안 되는 소릴 하려는 게냐!"

헌원경은 대화가 엉뚱한 쪽으로 흘러가려는 것을 느끼고 급히 제동을 걸려 했다. 하나 이미 시작된 흐름은 용악에게로 흘러가고 있었다.

"제 눈엔 다들 똑같던데요? 그냥 서로들 죽일 이유를 찾기에 급급하잖아요. 살아남는 사람, 죽는 사람. 이게 더 간단하지 않나요? 싸우는데 살아남는 것 이상으로 중요한 게 뭐라고. 제가 볼 땐 헌원 노사가 화내는 이유도 결국 살아남으려는 것으로밖에는 안 보여요."

"……!"

헌원경은 곧바로 반박하려 했으나 머릿속은 혼란스러웠고 딱히 떠오르는 말이 없었다. 그 때문에 표정은 수시로 변하면서도 입을 떼진 못했다.

무인에겐 죽고 사는 것이 중요한 문제가 아니다. 어떻게 죽느냐가 더욱 중요한 문제이다.

이 말이 왜 곧바로 나오지 않았을까?

그 어떤 말도 듣지 않을 용악의 저 담담한 표정 때문일 것이다.

헌원경이 살아온 강호와 용악이 살아온 강호는 일단 시작부터가 달랐다. 다른 것과 틀린 것. 그 구분을 과연 헌원경이 내릴 수 있을까?

용악이 강호말학 중 한 명이었다면 헌원경의 한마디 한마디는 진리처럼 권위를 지닐 수 있었겠지만, 용악에겐 무의미한 강요일지도 몰랐다.

용악은 이미 자신이 어떻게 살아야 하는지 명확하게 알고 있었다. 그런 사람에게 더 말을 하는 것은 강요에 불과했다.

'천산에서 어떤 시간을 보냈기에… 가만, 천산?'

헌원경은 그때까진 전혀 생각지도 못했던 천산이란 지명에 눈이 번쩍였다.

"네가 천산에서 십 년을 보냈다면 천산마제란 이름은 들어봤겠구나?"

"천산마제요? 당연히 들어봤죠."

"그와는 싸워봤느냐? 네 말대로라면 당연히 그랬겠지?"

"천산마제와는 싸울 일이 없었어요."

용악이 자신과 싸울 일은 당연히 없었다.

용악의 대답에 헌원경은 맥 빠진 표정을 지었다.

검왕과 동수를 이룬 초절정고수, 천산마제.

당연히 관심이 갈 수밖에 없는 이름인 것이다.

"아쉽구나."

헌원경은 진심을 말하고는 곧장 화제를 돌렸다.

"어쨌든, 조금 전에 네가 말한 마기에 대한 얘기는 궤변이다. 그런 생각은 강호에 불행을 가져올 뿐이니 빨리 바꾸길 바란다."

"복잡하다는 건 그만큼 느린 거예요. 천산에선 계속 움직여야 해요. 또 계속 이겨야 해요. 물론 계속 스스로를 지키기도 해야지요. 죽는다는 것은, 죽는다는 생각을 할 때나 나타나요. 그렇지 않아도 언제나 등 뒤에 붙어 다니지만요."

"……."

헌원경은 또다시 말문이 막히고 말았다.

第二章
부조화 속의 조화

천산마제

"으아아아아악!"

"우리가 아니라… 컥!"

사로의 검이 노린 곳은 제자리에 서 있던 자들이 아니라 웅덩이로 움직인 자들의 위쪽 벽이었다.

죽음을 각오하고 자리를 지켰던 파천마궁도들은 의아하다는 눈으로 사로를 쳐다봤다.

"조금만 위협하면 휘딱휘딱 맘을 바꾸는 것들은 역시 마음에 안 들어. 사림이종! 여기 있는 녀석들에게 사림의 식구가 되려면 어떻게 해야 하는지 알려줘라."

악승의 말이 떨어지기 무섭게 사림이종은 살아남은 파천마궁도들을 향해 다가갔다.

그제야 악승의 신형이 아래로 내려왔다. 엄청난 덩치에 어울리지 않는 표홀한 신법이었다.

악승의 신법을 지켜보던 신공장과 돈오의 표정이 딱딱하게 굳었다.

악승이 땅으로 내려왔다는 것은 곧 안쪽으로 움직이겠다는 뜻임을 아는 까닭이다.

"당신은 갈 수 없소, 악승."

돈오가 표정 없는 얼굴로 악승의 앞을 가로막았다.

"갈 수 없다?"

악승은 돈오를 보며 반문하다 신기하다는 표정을 지었다.

돈오의 목소리는 화가 난 것이 분명한데 표정 변화가 전혀 없었기 때문이다.

"풉. 그건 그렇고 그 얼굴은 여전히 무표정하군. 부작용 때문인가?"

악승은 돈오에 대해 무언가 알고 있는 사람처럼 유심히 쳐다보며 물었다.

"머, 멈추시오!"

돈오는 악승이 다가오려 하자 발작적으로 소리쳤다.

강한 거부 의사에 악승은 알았다는 듯 거대한 배를 두드리던 양손을 위로 들어 올렸다.

아무것도 아닌 행동이었다.

그러나 경계하고 있던 돈오에게는, 과거의 악승을 기억하는 돈오에게는 그것이 공격 의사로 받아들여지기에 충분했다.

돈오는 눈부신 속도로 빠르게 검을 빼내어 양손을 들어 올리는 악승의 팔을 내리그었다.

'성공!'

돈오는 곧 악승의 팔이 땅에 떨어질 것을 의심하지 않았다. 그만큼 빨랐고 정확했다. 하나 그건 돈오의 생각일 뿐이었다. 악승은 돈오가 공격을 할 때도 양손을 내리고 있었고 공격이 끝난 후에도 마찬가지였다.

쾅!

거친 폭음이 땅을 흔들었다.

"위험하잖아!"

악승의 목소리가 돈오의 옆에서 들려왔다.

"……!"

완벽한 공격이라 여겼던 돈오의 검을 피한 것이다.

돈오의 얼굴에 식은땀이 흘러내렸다.

악승은 돈오의 검과 부딪치지 않았다. 반격할 기회를 잡았는데도 공격하지 않은 것이다. 그것만으로 두 사람의 승부는 결정지어졌다.

'졌다.'

무표정한 돈오의 머릿속에는 오직 한마디만이 떠올랐다.

"풍신(風身)이 아니었으면 아주 골로 갈 뻔했네. 많이 늘었네, 돈오삼검."

악승은 돈오가 가른 땅을 보며 식겁한 목소리를 냈다. 땅에 불꽃이 일어나는 형태의 자국이 무려 칠 장여나 퍼져 있었다.

풍신은 악승이 여간해서 사용하지 않는 비기 중 한 가지였다. 기름 바른 조약돌을 손에 쥐고 힘을 가하면 손에서 빠져나가는 것과 같이, 돈오의 검이 악승의 팔을 자르기 전에 밀려난 것이다.

악승은 당장 손을 쓸 것처럼 돈오를 노려보다 이내 머리를 흔들며 몸을 돌렸다. 그때, '따앙!' 하는 경쾌한 소리가 들려왔다.

"망치쟁이까지……."

악승의 입에서 가는 목소리가 새어 나왔다.

신공장의 벽력정이 낸 소리로, 이쯤 되면 악승도 참기 힘들 수밖에 없었다.

뒤통수를 뚫고 얼굴이 빠져나온 것처럼 빠르게 회전한 악승은 날아오는 벽력정을 향해 양손을 휘저었다.

몸을 회전시키며 만든 회전력을 모으고 입김을 불어 바람을 보태자 악승의 손에는 잘 벼린 바람 칼이 만들어졌다.

유형화된 바람 칼을 날아오는 벽력정과 부딪치게 만들었다. 벽력정이 '스악' 하는 소리를 내며 벼린 칼 위로 한지 흘러내리듯 갈라졌다.

신공장은 질끈 두 눈을 감았다. 벽력정을 자른 바람 칼을 막기에는 늦었다는 것을 잘 아는 까닭이다.

그때, 신공장의 목을 향해 날아가던 바람 칼이 거짓말처럼 멈추었다.

"풉. 왜들 귀찮게 구는지 모르겠군. 저 밖에 있는 놈들을 정리한 걸 주군께 보고하러 가는 게 그렇게 신경 쓰이나? 그럼

같이 가자고 하면 될 것을. 앞으로 잘 지내야 할 처지에 너무 그러지들 말라고."

'앞으로 잘 지내야 할 처지?'

신공장과 돈오의 눈에 의아함이 떠올랐다.

악승의 주군이 황보세가 안에 있다는 말도 놀라웠지만 그보다는 앞으로 잘 지내야 할 처지라는 말이 더욱 놀라웠다.

"파천마궁주가 어찌 됐을지 궁금하지 않나?"

악승은 신공장의 목 앞에 있던 바람 칼을 흩뜨리며 따라오라는 손짓을 하고는 안쪽으로 쭉 미끄러져 갔다.

그 속도가 실로 엄청났다.

'일부러 우리가 공격하도록 한 건가?'

신공장과 돈오는 아연실색한 표정을 짓고 말았다.

두 사람의 눈앞에서 사라지는 악승의 신법은 가히 압권이었다. 조금 전에 저 신법이 펼쳐졌다면 두 사람은 공격할 엄두도 내지 못했을 것이다.

"신공장 늙은이, 뭐 해?"

"뭐 해."

"뭐?"

"뭐 한다구. 구 가야, 너도 따라와."

돈오는 어느새 이전의 그로 돌아와 있었다.

세 사람은 이내 악승의 뒤를 빠르게 쫓아갔다.

악승이 변했다. 수십, 수백의 피를 뒤집어쓴 채 마귀처럼 강호를 누비던 살성 악승이 변했다.

돈오는 자신의 눈으로 보고 귀로 들었음에도 그 사실이 믿기지 않았다.

일부러 드러내기 전에는 느껴지지 않는 마기며, 악승의 몸 어디에 숨겨두었는지 모를 피 냄새가 사라졌다.

악승의 뒤를 쫓아가는 돈오와 신공장은 앞쪽의 그가 과연 오십 년 전의 악승인지 의심이 들 정도였다.

"섰다."

신공장이 먼저 멈춰 선 악승을 발견했다.

자연히 세 사람도 신법을 늦추며 땅으로 내려섰다.

"히익!"

땅으로 내려서던 신공장이 무언가를 발견하고 기함을 터뜨렸다. 그들의 앞에 한 사람의 시체, 아니, 그렇게 보이는 인물이 눈에 들어왔다.

황당하게도 그는 분명 파천마궁주 조빈이었다.

그 조빈이 땅속에 어깨까지 파묻혀 있었다.

"역시 주군이십니다!"

악승이 대전 쪽을 바라보며 헤벌쭉 웃었다.

돈오의 시선이 대전으로 향했다.

헌원경이 보였고 그 옆에 청년 한 명이 보였다.

"용… 소협?"

신공장이 용악을 확인하듯이 혼잣말을 할 때 늦게 도착한 구징효의 목소리가 이어졌다.

"이자가 삼마군 중 한 명인 조빈이라구요, 돈오 선배?"

구징효는 조빈 앞에 앉아 자세히 쳐다보다 일어나 주위를 살폈다. 누가 조빈을 이렇게 만들었는지 알아보려는 행동인 것이다.

제일 먼저 떠오른 사람은 당연히 헌원경이었다. 한데 뭔가 이상했다. 삼마군 중 일인을 무참히 박살 낸 모습이라고 하기엔 헌원경의 모습이 너무도 멀쩡한 까닭이다.

구징효는 헌원경 외에 조빈을 땅속에 파묻을 수 있는 사람을 다시 찾아보았다. 가장 유력해 보이는 한 사람, 악승이 눈에 들어왔다.

그러나 악승이 싸움에 끼어들 수 있었던 시간은 잠깐에 불과했다.

다시 고민에 빠지려 할 때였다.

멀리 헌원경과 함께 서 있는 낯익은 청년이 눈에 들어왔다. 바로 용악이었다. 구징효는 용악을 보자마자 눈을 크게 떴다.

"요, 용악? 용악!"

구징효가 힘차게 손을 들며 용악을 불렀다.

구징효로선 당연한 행동이었으나 한쪽에서 지켜보는 악승의 표정은 딱딱하게 굳었다.

"애송아, 지금 뭐라고 했느냐?"

구징효를 부르는 악승의 목소리에 살기가 담겼다.

'윽!'

악승의 눈과 이미 한 번 부딪쳐 본 구징효였다. 악승의 시선이 느껴지자 재빨리 뒤로 물러서며 방어 태세를 취했다.

"뭐라고 했느냔 말이다!"

악승의 입에서 조금 전보다 더욱 날 선 목소리가 터져 나왔다. 악승에겐 구징효가 애송이로 보이는 것이 당연했다. 그런 애송이가 대뜸 주군의 이름을 함부로 부른다? 있을 수 없는 일이었다.

"왜 저 녀석에게 화를 내는 거요, 악승?"

상황이 심상치 않게 돌아가자 돈오가 재빨리 나서며 구징효를 보호하려 했다.

"악승?"

돈오의 말이 기폭제가 되고 말았다.

악승은 코웃음을 치며 신공장과 돈오를 향해 양손을 털듯이 들어 올렸다.

"웃!"

신공장과 돈오는 순식간에 팽창되는 공기의 압박에 놀라 양손과 검으로 악승의 장력을 막아야 했다.

쾅!

신공장은 선 채로 일곱 걸음이나 물러났고, 돈오는 검으로 장력을 갈라내 자리에 버틸 수 있었다.

"앞으로 나를 부를 땐 악 대장로라고 불러라. 한 번만 더 그 주둥아리에서 내 이름이 나올 시에는… 전부 죽는다."

"이, 이보시오, 악 대……."

신공장은 악승을 말리려다 입을 닫았다.

높디높은 산허리를 감싸며 정상까지 이어진 구름의 모습이라도 흉내 내려 하는 건가?

악승을 감싼 바람은 먼지로 구름을 만들고 악승의 몸 자체를 거대한 산으로 만들었다.

지금과 같은 상태에서 손을 쓴다면 아무리 신공장과 돈오가 막아준다고 해도 구징효는 즉사를 면치 못할 것이다.

악승의 몸을 휘돌던 바람은 점점 거대해져서 이내 신공장과 돈오조차 인상을 쓰게 만들었다.

그때였다.

"왜 엄한 데에다 화풀이를 해?"

악승의 행동을 탓하는 목소리가 구징효 등 세 사람에게 들려왔다.

"용⋯⋯."

구징효가 용악을 반기려다 악승으로부터 날카롭게 찔러오는 살기에 다시 입을 닫았다.

"구노, 오랜만이에요."

용악이 아무렇지도 않게 구징효 등을 얼게 만든 악승의 앞에 나타났다. 그러고는 웃었다. 그 웃음 덕분에 악승의 살기로부터 구징효 등은 자유로워졌다.

"악승, 앞으로 황보세가에 오늘과 같은 일이 생겨선 안 된다."

"⋯⋯."

악승이 대답하지 않고 뚱한 표정을 지었다.

"알아들었어, 악승?"

용악이 악승의 이름을 한 자 한 자 또박또박 부르자 그토록 살기등등했던 악승의 표정이 일그러지며 세모꼴 눈에 웃음이 지어졌다.

이 놀라운 변화에 구징효 등은 일제히 용악을 돌아봐야 했다. 세 사람이 동시에 상대해도 힘든 악승을 말 한마디로 다룬 것이다.

"악승, 주군의 명을 받습니다."

악승의 목소리는 언제 날을 세웠는지 모를 정도로 고분고분 해져 있었다.

'저 악승이 얌전한 강아지처럼 꼬리를 내리다니……'

구징효는 여간 신기한 것이 아니었다.

"용… 소협, 도대체 정체가 뭐야?"

구징효는 나름 최대한 예의를 다해 용악을 불렀으나, 악승이 듣기엔 많이 모자란 예의인 모양이다. 악승의 세모꼴 눈에 다시 살기가 일어났다.

'쿵. 더 어쩌라고!'

구징효는 반복되는 악승의 살기에 입술을 꾹 다문 채 눈을 감았다. 하나 더 이상 참는 것은 구징효에겐 무리였다. 이마에 힘줄을 일으키며 눈을 떴다.

"못 참겠네, 진짜. 용악이 당신의 주군이면 주군이지, 왜 내게 강요를 하는 거요? 무슨 말만 하면 노려보고 말이야."

"……."

악승은 순간적으로 멍해지고 말았다.

삼십 년은 어려 보이는 녀석이 소리를 지른다는 것은, 혈교에선 물론, 천산과 사림에선 상상도 할 수 없는 일이었다.

　"애송아, 미친 게냐?"

　악승의 세모꼴 눈에서 퍼런 안광이 뿜어져 나왔다.

　구징효는 더 할 말이 있었으나 악승의 퍼런 안광을 마주 대하자 얼어버리고 말았다. 그만큼 살기가 강렬했다.

　"그만 해, 악승. 여기가 천산이나 사림도 아니고. 고약하게 굴면 굴수록 악승만 손해야."

　"예?"

　악승이 깜짝 놀라 용악을 돌아봤다.

　용악에게서 저런 말이 나왔다는 것을 믿을 수 없다는 눈이었다. 용악을 알고 있는 악승에게 지금과 같은 말과 행동은 너무도 낯설었다.

　"왜 안에 있어? 밖은?"

　"…반항하는 것들은 처리하고 나머진 사림에서 받아주기로 했습니다."

　"그래? 역시 악승이야. 사림이종에게 그들을 데리고 산 아래로 가라고 해."

　"사, 산 아래라니요?"

　"천산에서 사용하던 방식을 알려주라고."

　"…여기서 말입니까?"

　악승은 용악이 말하는 방식을 너무도 잘 알고 있었다. 천산에 들어와 살아남기 위해선 웬만한 실력으로는 불가능했다.

강하면 강한 대로, 약하면 약한 대로.

용악이 만들어낸 일종의 장치였다.

살아남을 자신이 없는 자들에게 천산 입구를 지키게 한 것이다.

그것을 지금 태산에 적용하란 말이었다.

"왜 그렇게 놀라?"

"주군, 천산에서야 올라오는 곳이 한정되어 있으니 사용할 수 있었지만……."

"사람이 많다며?"

"주군……."

악승은 어떻게든 용악의 명령을 철회시키기 위해 생각을 짜내려 했다. 그런 악승을 용악은 담담한 표정으로 기다려 주었다.

'글렀군.'

용악이 저런 표정을 지으면 무슨 말을 해도 소용없다는 것을 누구보다 잘 아는 악승이었다.

"할 말 있으면 빨리해."

"아, 아닙니다. 그저… 상황이 달라졌다는 말씀을 드리려 했습니다. 앞으로 할 일이 많습니다. 사파의 일통은 물론이고… 전대 주군께 무례했던 정파 놈들을……."

"하기 싫다는 거지?"

"당장 말씀대로 시행하겠습니다!"

악승은 용악의 말이 떨어지기 무섭게 허리를 굽혔다.

'천산에서 사용하던? 저게 뭔 소리야?'

용악과 악승의 대화를 듣던 구징효는 고개를 갸웃거렸다. 이해할 수 없는 말이 오갔기 때문이다.

'용악이 천산에 있었다고? 악승과 같은 고수를 부리면서?'

한 번 시작된 의심은 용악과 싸웠던 때까지로 단숨에 거슬러 올라갔다. 천산마제를 동경해 태산신군이라 불리길 원한다고까지 했던 그때로.

"용악, 천산마제라고 알아?"

구징효가 용악을 뚫어져라 응시하며 물었다.

"풉. 애송아, 지금 무슨 헛소리를 지껄이는 거냐? 주군이 바로 천산마제시다."

"……!"

악승의 친절한 대답에 구징효는 아무 말도 하지 못하고 용악을 쳐다보기만 했다.

"구노가 물어봤을 때는 내가 천산마제라 불리는 줄도 몰랐어요. 천산에선 내게 천산마제라고 부를 사람이 없거든요."

"……."

"구노……."

"정말 천산마제… 야?"

용악이 순순히 고개를 끄덕여 주었다.

구징효는 멍하니 눈만 껌뻑거리며 용악을 쳐다봤다.

무슨 말인가를 하고 싶기는 했는데 속에서 울컥하며 억울함이 치받아 올라왔다.

"천산마제… 그러니까… 황보세가의 식객이었던 그 용악이… 검왕과 싸웠던 천산마제다?"

구징효는 아무리 생각해도 기가 막힌다는 표정을 지었다. 검왕과 마찬가지로 초절정고수라 불리는 그 무시무시한 천산마제와 싸우고도 아직 살아 있는 것이 신기했고, 무엇보다 한 솥밥을 먹던 사이임에도 용악이 정체를 숨겼다는 사실에 기가 막혔다.

"구노, 속이려고 했던 건 아니에요."

"됐다. 굳이 설명할 것 없다. 천산마제… 크큭. 용악이 천산마제였단 말이지?"

구징효의 험상궂은 얼굴에 갑자기 웃음이 떠올랐다.

용악은 당연히 화를 낼 줄 알았던 구징효가 엉뚱한 반응을 보이자 이마를 긁적이며 악승을 쳐다봤다.

악승 역시 구징효의 반응이 의외였는지 입맛만 다시고 아무 말도 하지 않았다.

두 사람 모두 구징효에게 천산마제란 이름이 얼마나 상징적인 의미를 지니는지 모르고 있는 까닭이다.

무쌍문을 떠날 때 모든 것을 잃은 구징효에게 천산마제란 이름은 빛이 되어주었다. 무인으로서 다시 설 수 있다는 자신감을 안겨준 이름이었다.

구징효는 뭔가 말을 하려다 용악을 보고 '천산마제라니…'라며 고개를 돌렸다가 다시 쳐다보길 반복했다.

처음 한두 번은 악승도 참았다. 하나 같은 말과 행동이 반복

되자 더 이상 참지 못하겠는지 세모꼴 눈을 꾹 감으며 입을 열었다.

"애송아, 어지럽다, 가만히 좀 있어라."

"크큭… 천산마제라니……."

구징효는 악승의 경고를 무시하고 여전히 어지러운 행동을 계속했다.

"이런……."

"악 대협, 오랜만이오."

악승의 인내심이 한계에 다다라 곧 폭발을 일으키려 할 때, 그를 차갑게 가라앉히는 목소리가 들려왔다.

"장제?"

악승은 끼어든 음성의 주인이 헌원경임을 알고서 한마디 툭, 내뱉듯이 던졌다. 특유의 가는 목소리와 어우러져 무척이나 헌원경을 기분 나쁘게 했다.

사파의 태두였던 혈교와 정파의 기인들이었던 오악무제. 치열한 싸움의 끝자리에는 항상 혈교의 십대마인과 오악무제가 있었다.

악승과 헌원경이 몇십 년 만에 만났다.

껄끄러울 수밖에 없었고, 서로를 주시하는 눈에 긴장이 묻어날 수밖에 없었고, 언제든 반격할 준비를 갖춘 몸 동작이 뒤따르는 것도 어쩔 수 없었다.

"그 목소리는 여전히 듣기 싫구려."

"풉. 다 늙어서 질투는……."

"지, 질투?"

헌원경의 눈이 가늘게 좁혀졌다.

"예전에도 내 목소리를 유난히 좋아해서 늘 따라다니더니 지금도 그건 여전하군."

악승은 히죽 웃으며 대답했다.

"쯧. 그 몸으로 아직도 죽지 않은 게 신기해서 물어본 것뿐 이거늘."

"몸? 내 몸이 어때서?"

"무공 대신 살만 쪘나? 그나마 예전에는 싸우기라도 하더니 이젠 싸움도 말로 하려는 모양이군."

"풉. 안 그래도 사람 긁어대는 재주가 얼마나 늘었는지 궁금 하긴 했다, 이 개뼈다귀 같은 늙은이야."

살 얘기는 악승에게 민감했다.

여러 가지 이유가 있었지만 기본적으로는 악승의 신분을 위 장하기 위해선 반드시 필요한 과정이었다. 그런 노력이 업신 여김을 받았을 때는 당연히 분노할 수밖에.

"개, 개뼈다귀? 이런 빌어먹을 뚱땡이가 있나!"

"뚜, 뚜웅… 죽어라, 개뼈다귀!"

누가 먼저랄 것도 없이 두 사람은 손을 뻗었다.

쾅!

악승의 손을 따라 휘돌던 구름 모양의 풍령이 헌원경의 풍 뢰신장과 부딪치며 엄청난 굉음을 일으켰다.

"큭. 응?"

구징효는 여파에 휘말릴까 봐 재빨리 신형을 피하려다 자리에 멈춰 섰다. 악승과 헌원경의 주위로 퍼져 나가던 기파들이 일정한 범위 안에서만 맴돌 뿐 외부로 퍼지지 않는 것이 보였기 때문이다.

구징효는 한쪽에 서서 손바닥이 하늘을 향하도록 한 채 서 있는 용악이 눈에 들어왔다.

"세상에……."

악승과 헌원경의 격돌을 겨우 저 동작 하나로 막아낸 것이다.

가만히 서 있던 용악의 양손이 합쳐졌다.

팍!

용악의 손뼉이 마주치는 소리와 동시에 하늘로 솟구쳤던 악승과 헌원경의 기운이 꺼지듯 사라졌다.

"전력을 다하지 않아서 다행이었지 그렇지 않았으면… 악승, 그만 해. 헌원 노사도 그만 하고요."

용악은 두 사람을 번갈아 바라보고는 숨을 내쉬었다.

악승과 헌원경이 손을 쓰는 순간, 두 사람의 기세가 외부로 퍼지지 않았으면 좋겠다고 생각했을 뿐이었는데 천마수가 투명해졌다.

용악의 생각이 천마수를 통해 실행으로 옮겨졌고, 두 사람의 충돌로 퍼지던 기운들이 위로 솟구치도록 두 사람 주위로 막이 형성된 것이다.

기파가 무형의 막에 닿는 순간 이화유능제로 둘의 기운을 무력화시킨 덕분에 주위에는 피해가 없었다.

생각은 쉽지만 그것이 현실로 일어날 것이란 확신은 할 수 없는 상황이었다. 그것을 천마수가 가능하게 해주었다.

용악은 천마수의 위력에 새삼 감탄하게 됐다.

'이젠 흙을 고생시키지 않아도 되겠군.'

용악의 얼굴에 미소가 감돌았다. 조금 전에 사용했던 수법을 이용하면 이전처럼 흙을 이용할 필요 없이 진기만으로 벽과 기둥을 세울 수 있을 것 같은 까닭이었다.

악승과 헌원경은 거리를 두고 서로를 노려봤다.

한 번 막아본 용악으로서는 이제 걱정할 것이 없었다.

"용 소협……."

용악이 손을 거두었을 때 뒤쪽에서 조심스러운 목소리가 들려왔다. 낯익고 반가운 목소리였다.

"황보 가주, 오랜만이오."

'용 소협이 달라졌다.'

황보성은 한눈에 용악의 변화를 알 수 있었다.

자연스럽게 흐르는 위엄과 황보성을 인정하는 눈.

용악이 이전처럼 식객으로서 용기를 주는 눈이 아닌, 황보성을 황보세가의 주인으로 인정하는 눈이었다.

"오랜만입니다, 용……."

"사림주. 앞으론 그렇게 부르시오, 가주."

"사림……."

황보성이 아무리 강호에 대해 모른다고 해도 사파삼대세력의 이름을 모를 리 없었다.

황보성은 웃었다. 용악에 대해선 모르는 것투성이지만 한 가지는 분명히 알고 있었다. 황보세가가 위험에 빠지면 언제든 곁에 있어줄 사람이라는 것.

"사람… 아니, 용 림주라고 해야겠군요. 앞으로는 그렇게 부르겠소."

황보성의 말에 옆에서 한숨 소리가 흘러나왔다.

대화를 듣고 있던 헌원경이 낸 소리였다.

헌원경은 고개를 절레절레 흔들고 용악과 악승을 번갈아 쳐다보고는 이마를 쥐며 자신의 거처로 들어가 버렸다.

'이런 일이 지금껏 있었던가?'

신공장은 헌원경이 움직이는데도 제자리에 선 채 꼼짝도 하지 못했다.

'끙.'

돈오 역시 비슷한 생각을 하고 있는지 눈빛으로만 고민스러움을 표현하고 있었다.

"돈오 늙은이, 이런 일이 한 번이라도 있었던 적이 있나?"

"없지."

"내가 무슨 말을 하는지 알기는 하고 말하는 건가?"

"정을 대표하는 무리들과 사를 대표하는 무리들이 한자리에 모인 걸 말하는 것 아니냐, 신공장 늙은이."

"…맞다."

"안다."

"어떻게?"

돈오는 신공장의 엉뚱한 반문에 빤히 쳐다봤다.

"어떻게 했으면 좋겠습니까? 라는 질문이지?"

"어떻게 알았냐, 라는 질문이지."

"간다."

"이봐, 돈오 늙은이."

신공장이 아무리 불러도 돈오는 대답하지 않았다.

'이게 무슨… 그들을 무슨 면목으로 보나.'

신공장의 고민을 헌원경이라고 하지 않을 리 없었다.

황보세가의 상황은 헌원경의 머리를 사정없이 괴롭히고 있었다. '그들'은 바로 오악무제를 가리키는 말이었다.

사파라면 이를 가는 그들에게 무슨 말을 해야 할지 갑갑해진 것이다.

정문 밖에는 사파의 무리들이, 안에는 여의단의 무리들이, 더 안쪽으로는 십일대세가의 무인들이 공존하고 있는 상태였다.

'부조화는 분명한데…….'

헌원경은 용악을 돌아봤다.

'저 녀석이 있으니 그마저도 조화를 이루는 건가?'

누구 한 사람도 용악을 적대시하는 사람이 없었다. 황보성 남매는 물론 구징효에, 여의단에, 파천마궁까지.

第三章
공룡

천산마제

"크륵… 크륵……."

파천마궁의 일호법 고진은 검을 쥔 손이 부러졌고, 한쪽 눈은 퀭하니 뚫려 있었으며, 가래 끓는 소리로 호흡을 내뱉었다.

"네, 네가……."

고진의 하나 남은 눈이 누군가를 노려봤다.

작은 도끼를 손에 쥐고 내려다보는 악지군이었다.

"그렇게 왜 끝까지 버텨서 손을 쓰게 만들어. 모른 척 항복하면 받아줄 수도 있는데."

악지군의 입가에 야비한 미소가 얹혀졌다.

"배, 배신……."

고진은 손끝을 덜덜 떨면서도 끝까지 악지군을 가리켰다.

그럴수록 악지군의 입가에는 조소가 짙어졌다.

악지군이 뒤를 돌아봤다.

뒤쪽에서 지켜보던 외혁우가 고개를 끄덕였다.

날카로운 쉿소리와 함께 악지군의 도끼가 고진의 목을 향해 가차없이 날아갔다. 파천마궁을 지키려 했던 최후의 일인이 죽는 순간이었다.

"잘했다, 군아."

외혁우는 악지군의 어깨를 두어 번 다독여주고는 뒤로 돌아섰다.

각 '절'을 따르는 이십여 명의 소모품이 전각과 전각 사이를 꽉 메우고 있었다.

"오늘 부로 여기가 십인회의 총단이다!"

부절의 말이 끝나자마자 거대한 함성이 파천마궁 구석구석까지 파고들었다.

지상에서 십인회의 무리가 함성을 지를 때, 파천마궁 지하에서는 한 사내가 통한의 눈물을 흘렸다.

그의 머리는 아무렇게나 자라 늘어뜨려져 있었고 몇 년 동안 한 번도 안 깎은 수염은 턱까지 덮고 있었다.

대제자 공투가 바로 그였다.

"안 됩니다."

총사 공문득이 석실을 막아섰다.

공투는 이미 마음을 굳힌 듯 가로막은 공문득을 뿌리쳤다.

"전부 죽여 버리겠다."

"그들은… 대공자보다 강합니다."

"그럼 하나라도 죽인다."

공투가 이를 갈았다.

"하나도 감당하지 못합니다!"

공문득이 악을 쓰듯 외쳤다.

공투의 눈에 살기가 감돌았다.

"…비켜."

"그럴 수 없습니다. 악지군, 그놈이 배신을 한 이상 곧 이곳으로 들이닥칠 겁니다. 후일을 도모하십시오. 대공자에겐 팔대마공이 있습니다."

"비켜!"

공투가 소리를 지르자 그 기세만으로 공문득의 등은 석실과 부딪쳐야 했다. 충격으로 기침이 나왔다. 하나 다시 일어난 공문득의 눈은 변함이 없었다.

공문득은 일호법의 죽음을 직접 봤다. 십인회의 십절 중 한 명에게 허무할 정도로 간단히 죽어버린 일호법을.

공투의 기세는 대단했지만 일호법과 비교해서 그리 큰 우위를 점하진 못했다. 보는 눈만큼은 누구보다 정확하다 여기는 공문득이었다.

"파천석부에는 비밀 통로가 있습니다. 저 수라상의 목을 돌리십시오. 이백 장 밖의 호수로 통하는 길입니다."

"백부!"

공투는 더 이상 참지 못하고 이를 갈며 외쳤다.

공문득은 입가에서 가느다란 핏줄기를 흘리면서도 웃었다. 어릴 때 이후 처음 듣는 말이었다.

조빈만큼, 아니, 조빈보다 더욱더 소중한 사람이 바로 조카인 공투였다.

"투… 야, 이 백부의 처음이자 마지막 부탁이다. 저들은 궁주가 계셔도 막을 수 없는 고수… 헛! 어서, 수라상으로!"

다급히 들려오는 발자국 소리들.

공문득은 다급한 표정으로 수라상을 가리켰다.

하나 공투는 쉽게 몸을 돌릴 수 없었다.

"꼭 악지군, 그놈을 죽여다오. 꼭!"

"…약속하겠습니다."

공투는 몇 번이나 공문득을 밀치고 나가려 했으나 결국 공문득의 진심 어린 눈에 지고 말았다.

공투의 손이 수라상에 닿았다.

"투야, 호수로 올라가면 다 알게 될 것이다."

"……?"

"가거라."

공투는 공문득의 말이 무슨 뜻인지 몰라 다시 쳐다봤으나 공문득은 그저 웃을 뿐이었다.

그그긍.

수라상의 머리가 돌아가며 어둠이 입을 벌렸고, 공투는 그 안으로 사라졌다.

비밀 통로가 닫히는 것과 동시에 천장이 무너지는 소리가 들렸다. 그와 동시에 공문득만이 남아 있는 석실로 일단의 무리가 들어왔다.

석실 안을 샅샅이 뒤지던 악지군이 독사 같은 눈을 빛내며 공문득에게 다가왔다.

"끄아… 읍!"

악지군의 손도끼에 의해 공문득의 신체의 일부가 잘려지는 소리였다. 공문득은 비명을 지르다 자신의 손으로 입을 틀어막았다.

"어디로 빼돌렸지?"

"…누, 누… 끄아… 읍!"

공문득은 손을 씹으며 또다시 고통을 참아야 했다.

그 뒤로 세 번의 질문이 이어졌고 공문득은 살점을 뱉어내야 할 정도로 자신의 손을 물었다.

그것이 끝이었다.

석실을 아무리 요란하게 부숴도 통로는 나오지 않았다.

공투가 석실을 빠져나오자마자 비밀 통로는 무너져 내렸다. 빈 공간은 벽의 두께가 달랐다. 그것까지 염두에 두고 설치한 통로였던 것이다.

파천마궁을 지을 때 만들었던 조빈의 치밀한 안배로 아무런 소리도 듣지 못했다. 그렇기에 숨이 목까지 차오를 때까지 달리고 달렸다.

그렇게 몇백 장을 달렸을 것이다.

"헉헉……."

파천마궁을 지키지 않고 도망쳤다는 죄책감에, 공문득을 두고 왔다는 죄책감이 더해져 공투는 가슴이 모조리 비어버린 것 같았다.

"으허엉……."

팔대마공이 있음에도 도망쳤다. 공문득 때문이란 생각은 변명일 뿐이었다. 공투는 공문득의 눈을 통해 밖의 상황이 어떤지 느낄 수 있었다.

어떠한 선택이었든 공투의 선택은 비겁자만이 할 수 있는 선택처럼 느껴졌다.

한동안 울던 공투가 일어났다. 눈은 살기로 파랗게 빛났고 몸에서 뿜어져 나온 열기가 사방으로 번져 갔다.

"냉정하자, 공투. 너는 혼자다. 백부께선 누구보다 머리가 좋으셨던 분이다. 그런 분이 떠나라고 하셨을 때는 이유가 있는 것이다."

공투는 이를 악물고 다시 내달리기 시작했다.

약 한 시진 가까이 달렸을 때 반짝거리는 빛이 공투의 눈에 들어왔다. 아래쪽이었다. 다가가자 빛은 물을 통해 들어오고 있었다.

공투는 지체없이 물로 뛰어들었다.

촤악!

물을 뚫고 치솟은 공투는 허공에서 사방을 둘러봤다.

아무도 없었다.

땅에 내려선 공투의 앞에 조그만 보따리가 보였다.

궁주께서 떠난 직후 공문득이 이곳으로 와 간단한 옷가지와 서찰을 남긴다. 그동안 궁주께선……

공문득은 공투가 폐관으로 자리를 비운 동안 있었던 일들에 대해 최대한 많은 것을 담아 적었다. 그 안에는 조빈이 어떻게 파천마궁을 세웠는지와 팔대마공에 대한 얘기까지 모두 적혀 있었다.

"이럴 수가… 팔대마공이 혈교에선 십 위 안에도 못 드는 무공들이라고?"

분명 공문득이 남긴 서찰에는 그렇게 적혀 있었다.

파천마궁을 사파삼대세력으로 만든 독보적인 존재가 바로 조빈이었다.

그런 조빈이 혈교의 진짜 무공을 익히지 못했다?

항상 혈교의 진정한 맥을 이은 곳은 파천마궁이라고 강조했던 그가?

공문득의 서찰에는 공투가 파천마궁의 대제자로 들어온 순간부터 귀에 못이 박히도록 들은 모든 것들을 부정해야 한다고 적혀 있었다.

공투의 시선이 저 멀리 적에 의해 점령당한 파천마궁을 향했다.

"악지군, 곧 돌아오겠다. 그때가 네놈의 제삿날이다, 네놈을
도운 놈들도."

                    *   *   *

"대단하군, 황보세가."

사마화인은 다 읽은 서찰을 내려놓으며 많은 의미가 담긴
한마디를 꺼냈다.

서찰은 모인으로부터 온 전서구였다.

파천마궁의 무리들이 태산을 쓸어버릴 것처럼 들이닥칠 때는
여의단의 무인들이 한 명도 살아남지 못할 줄 알았으나, 황보세
가는 제 예상을 깨고 훌륭히 대처했습니다. 중력 아래 설치한 매
복으로 상당수의 마인들을 막아냈고, 뒤이어 돈오삼검과 신공장,
무쌍권 등이 활약을 펼쳐 정문을 내주지 않았습니다.

그리고 가장 중요한 말이 이어졌다.

…파천마궁주 조빈은 단전이 파괴된 채 폐인이 되어 땅속에 묻
혀 있습니다. 조빈을 그렇게 만든 사람은 바로…….

"하하하."

심각한 표정을 짓고 있던 사마화인이 갑자기 웃음을 터뜨렸다. 조빈을 제압한 자의 이름을 보고 웃지 않을 수 없었던 것이다.

"총령, 왜 그리 웃으십니까?"

"파천마궁주 조빈이 황보세가에 잡혀 있다고 한다."

"역시 장제께서……."

"아니."

사마화인이 강하게 고개를 저었다.

"그럼……."

"용악이다."

"용악? 아! 도절을 도망가게 만들었다는 번천수 용악을 말씀하시는 겁니까?"

"그래. 한데 이번엔 전혀 다른 신분이 됐다고 한다."

"전혀 다른 신분이라니요?"

"혈교가 무너진 이후 갈라진 세 곳 중 한 곳의 주인이 됐다는구나."

"사파삼대세력! 그럼 번천수가 사파의 인물이었다는 말씀이십니까?"

"뭐, 그렇게 적혀 있으니 그럴지도 모르지. 하하하. 재미있지 않나? 사파삼대세력 중 한 곳의 주인이 황보세가의 식객을 자처하지 않나, 정파를 대표하는 여의단을 구해주질 않나. 우리도 가만히 있을 수 없지. 준비해, 총관."

"준비라니요?"

"여의칠기군 중 이백을 대기시켜. 우리가 먼저 파천마궁을 친다."

"예? 총령! 그곳은 이미 십인회가 점령한 상태입니다. 그들을 여의단이 단독으로 상대하시겠다는 말씀입니까?"

총관은 사마화인의 명령에 화들짝 놀라 눈이 휘둥그레졌다.

"어차피 해야 할 일이었지만 용악 덕분에 시기를 당겼을 뿐이야."

'시기를 당긴다? 십인회가 파천마궁을 점령한 상태라서 가신다는 뜻인가?

총관이 의아한 표정을 풀지 못하고 쳐다봤다.

사마화인은 총관이 의문을 풀어주기 전에는 꼼짝도 안 할 사람이란 걸 잘 알기에 말을 이었다.

"혁련세가라고 들어봤나, 총관?"

"그곳은 이미 사라진 곳 아닙니까?"

"사라졌지. 왜 사라졌는지에 대해 묻는 거야."

사마화인이 의뭉스럽게 총관을 쳐다봤다.

갑작스런 질문에 총관은 당황했으나 빠르게 조금 전에 나눴던 대화를 떠올렸다.

"혹시 혁련세가를 없앤 사람이 용악이란 자입니까?"

"역시 총관은 똑똑해. 맞아, 용악이 혼자서 혁련세가를 없앴다. 그 이유가 뭔지 아나? 바로 황보세가를 건드렸다는 것 때문이야."

"예? 설마 그런 이유로……."

"그가 어떻게 할 것 같나, 총관?"

총관은 사마화인이 말도 안 되는 소릴 한다고 생각했다. 게다가 십인회는 혁련세가와 비교하는 것 자체가 어불성설일 만큼 강한 고수들의 집합체였기 때문이다.

"총령, 다시 한 번 고려해 주십시오. 혁련세가와 파천마궁은 규모 자체가 다릅니다. 그런 곳을 장악한 자들이 십인회이고요."

총관의 말이 끝나기 전부터 사마화인은 고개를 내젓다가 양손으로 강하게 탁자를 눌렀다.

"내가 본 용악이란 자는 말이야… 파천마궁이든 십인회든 신경 쓰지 않아. 내기를 해도 좋아."

"……?"

또다시 총관의 표정이 멍해졌다.

총관은 사마화인이 누군가를 저렇게 높이 평가하는 것을 본 적이 없었다. 어이없게도 사마화인은 지금 용악이 십인회를 끝장낼 거라고 말하고 있었다.

'어떻게 저럴 수 있지? 번천수란 자가 아무리 강해도 겨우 도절 한 명을 상대했을 뿐이잖은가?'

도절에 대한 보고만을 기억하는 총관으로서는 당연한 생각이었다. 하나 용악에 대해 재평가를 내린다고 해도 사마화인의 말을 받아들이긴 힘들었다.

"안 나가고 뭐 해? 준비할 게 많지 않아? 여의칠기군에게도

전해야 하고, 십인회 총단 근처 다섯 개 지부 지부장들도 불러
야 하고."

"…지, 진심이십니까, 총령?"

"내가 언제 총관에게 빈말 한 적이라도 있나?"

"…알겠습니다."

"아! 그분께 서찰은 보냈지?"

"예. 답은 아직……."

"보냈으면 됐어. 세상이 주목하고 있는데 안 오실 분이 아니
지."

"총령, 차라리 단주님께……."

"됐어. 그만 가봐."

사마화인은 여의단주의 얘기가 나오자 들을 것도 없다는 듯
손을 내저었다.

"…예."

총관은 더 말을 하고 싶었으나 한 번 결정한 일을 번복할 사
람이 아니기에 조용히 방을 나섰다.

"황보세가의 식객에, 검왕과 친분도 있으며, 사파삼대세력
중 사림의 주인이라……. 용악, 자네는 알면 알수록 신비한 사
람이야. 하나 이번엔 내가 먼저야."

사마화인은 용악을 떠올리며 웃었다.

소호에서 용악에게 한 번 물러서 본 경험이 있는 사마화인
으로선 이번 기회를 놓치고 싶지 않았다. 자존심을 회복하기
위해서라도 선수를 쳐야 했다.

                    *   *   *

   황보세가에선 파천마궁의 무리들이 휩쓸고 지나간 자리를
복구하기 위한 움직임이 시작됐다.
   용악은 안으로 들어가지 않고 대전 앞을 서성였다.
   붉은 석양이 용악의 얼굴에 닿았고 그림자는 대전 입구까지
길게 늘어났다.
   운공 중인 황보소소의 기운이 빠른 속도로 늘고 있었다. 일
주천할 기운만 남겨놓았던 세 시진 전과 비교하면 엄청난 진
전이 아닐 수 없었다.
   '이대로라면 며칠 안에 이전과 비슷한 정도는 되겠다. 그 정
도면……'
   황보소소의 내공이 높아진다고 해서 무공이 느는 것과는 별
개였다. 내공 외에 헌원경의 무공이 필요하고, 무엇보다 실전
경험이 필요했다.
   황보소소가 선택한 길이었다.
   이제부터 살아남는 것은 온전히 그녀의 몫인 것이다.
   용악은 태산에서 처음 봤을 때의 황보소소를 떠올리며 웃었
다. 그때와 비교하면 엄청난 발전이 아닐 수 없었다.
   흐뭇해하는 용악의 눈에 거대한 배가 들어왔다.
   "주군, 사로와 사림이종을 남겨두도록 하겠습니다."
   할 일이 사라진 악승이 심드렁한 표정으로 배를 두드리며

용악의 앞으로 다가왔다. 주위를 둘러보니 사람들이 바삐 움직이고 있었다.

"아니. 사로는 사림으로 돌려보내."

"예? 그러다 또 공격이라도 당하면……."

"그럴 리가 없지."

"……?"

"악승이 잘할 거라 믿어."

"그, 그야 당연하지요. 그래도……."

"목노와 뚱노는 황보세가에 남아 있는 동안 황보 가주의 명령에 따르도록 지시를 해둬."

"황보 가주라면… 그 허약한……."

악승이 황보성을 찾아 고개를 좌우로 돌렸다.

"맞아."

"……."

"그가 황보 가주라고."

용악이 같은 말을 반복하며 쳐다보자 악승은 큰 소리로 곧장 대답하며 고개를 숙였다.

"밤낮을 가리지 않고 보호하도록 조치하겠습니다! 두 종놈이 임무를 훌륭히 수행할 겁니다."

"우린 오늘 중으로 떠난다, 악승."

말을 마친 용악이 곧 떠날 것처럼 돌아섰다.

그 냉정한 태도에 악승은 재빨리 용악의 앞을 가로막았다.

"그게 무슨 말씀이십니까, 주군? 아직 황보 소저의 운공이 끝나지 않았는데도 떠나시겠다는 겁니까?"

"황보 소저의 운공이 끝나는 것과 내가 떠나는 것이 무슨 상관인데?"

악승의 기습 질문에 용악은 이마를 긁적이며 악승을 쳐다봤다.

"물론 상관은 없을 수 있습니다. 그래도 보고 가심이 좋을 것 같습니다만⋯⋯."

악승이 끈질기게 용악을 설득하려 했다.

평소의 용악이었다면 벌써 입단속을 시켰을 텐데, 말을 하도록 내버려 두는 데엔 이유가 있다고 여긴 악승의 화끈한 제안이었다.

"악승, 무슨 생각을 하는 거야?"

용악이 인상을 찌푸렸다.

악승에게 내심을 들켜선 안 된다는 필사적인 나름의 노력이었다.

"풉풉. 장래의 주모께 아부를 해두려는 거지 뭐겠습니까?"

"자, 장래의 주모?"

"그렇지 않고서야 주군께서 태산까지 단숨에 달려오시진 않았을 것 아닙니까?"

"악승, 황보 소저와 내 관계는⋯⋯."

용악은 못 말리겠다는 표정으로 고개를 내저으며 설명을 하려 했으나 그럴수록 악승의 얼굴엔 웃음이 피어났다.

"빚을 지고, 빚을 갚는 사이라면서요?"

악승이 빠르게 말을 받았다.

"…그래."

"알겠습니다."

"……."

"……."

"아니야."

침묵 뒤에 이어지는 낯선 분위기가 용악의 신경을 건드렸다. 뭐라고는 해야 할 것 같은데 딱히 말이 떠오르질 않았다.

"무슨……."

"악승이 생각하는 그런 거 아니라고."

"저는 생각한 것이 없는데……."

"아무튼 아니야."

"…예에."

악승이 건성으로 대답하고는 미묘한 웃음과 함께 먼저 돌아서려 했다.

"아니라고 했다, 악승."

"픕. 충분히 알아들었습니다. 아니군요. 한데 오늘 떠나시는 이유라도… 사림으로 돌아가시는 것 같지는 않습니다만……."

"알면서 그러는 거야, 꼭 들어야 하겠다는 시위야?"

용악이 인상을 쓰며 악승을 쳐다봤다.

빨리 떠나려고 하는 모습.

악승은 용악이 급히 떠나려는 이유를 알 것 같았다.

무언가 들킨 것을 무마하려는 것이다. 그 무언가의 원인을 제공한 사람은 바로 운공 중인 황보소소이고.

"풉풉."

악승은 다 안다는 듯 웃었다.

"끙······."

용악은 더 이상 설명을 하려 해봤자 악승의 생각을 바꿀 수 없음을 깨닫고 고개를 절레절레 흔들었다.

"악승, 여긴 천산이 아니야."

"그럼요."

"천산이었다면 감히 이런 짓을 할 자는 없었겠지. 안 그래, 악승?"

용악은 웃으며 말을 했지만 목소리는 가라앉아 있었다.

'누군지 몰라도 너희들은 이제 큰일났다. 감히 천산마제의 여자를 건드려? 무슨 짓을 했는지 곧 깨닫게 될 것이다. 풉풉.'

악승의 생각은 천산에서의 용악을 한 번이라도 본 사람이라면 누구나 할 수 있었다. 그것이 당연하기도 했고.

"모시겠습니다."

악승의 목소리가 달라졌다.

오랜만에 보는 용악의 웃음에 악승도 절로 피가 끓는 것을 느낀 탓이다.

"아직 강호에는 소문이 나지 않은 모양입니다. 천산마제께

이빨을 드러내면 어떤 대가를 치러야 하는지를 말이지요. 뿌하!'

악승의 가늘고 차가운 목소리에 살기가 얹혀지자 석양이 피로 화해 사방에 내려앉는 것 같았다.

*   *   *

파천마궁은 넓었다.

외혁우를 포함한 구절이 모였고 각 절들을 따르는 소모품들이 삼백에 달했으나, 파천마궁의 전각들은 그들을 모두 흡수하고도 남았다.

파천마궁이 한눈에 보이는 단 위에 선 외혁우의 입가에는 흡족한 웃음이 지어졌다.

'이제 그분들이 천산을 내려오실 때까지 강호는 우리가 장악한다.'

외혁우는 자신이 만들어낸 성과에 흡족해했다.

십절이 모인 이상 두려워할 것은 없었다.

"총단으로 삼기엔 더없이 좋은 곳이구나, 군아. 나머지 빈 전각들은 알아서 채워라."

"알겠습니다."

"조빈이 지냈던 곳이 어디라고?"

외혁우는 악지군이 먼저 말을 하지 않자 넌지시 관심없는 척 입을 열었다.

"저 뒤쪽입니다. 가시죠."

악지군은 외혁우의 표정을 읽고 급히 뒤쪽을 가리키며 안내를 시작했다.

제단 뒤쪽으로 난 길을 따라 걷자, 그 끝에 웅장한 전각이 모습을 드러냈다.

"창을 만들면 괜찮겠구나."

겉에서 봤을 때 창이 보이질 않았다.

"시행하도록 하겠습니다."

"태산에선 소식이 왔느냐?"

외혁우는 좀 더 전각을 둘러보고 난 후, 마치 십인회의 주인이 된 것처럼 질문을 건넸다.

"예? 아, 예. 소식이 오긴 했는데… 정확한 내용인지 확인을 하지 못한 상태입니다."

"음? 뭐라고 왔기에 확인까지 해야 한다는 게냐?"

"……"

악지군이 곧바로 대답하지 못하고 주저했다. 하나 외혁우의 눈에 이채가 감도는 것을 보자 더 이상 망설일 수 없어 입을 열었다.

"보고에 의하면, 황보세가로 직접 올라간 조빈이 끝내 내려오지 않았다고 합니다. 게다가 조빈이 직접 이끌었던 파천제 일단과 파천제이단의 많은 인원이 인질로 잡혔다고 합니다. 아무리 황보세가에 장제가 있다고 해도 조빈이 그토록 쉽게 죽었다는 것은 의심이 갑니다."

'조빈이 죽어? 게다가 미리 준비를 하고 있었다고? 빙절과 소모품들에 의해 한 번 난리가 났던 후인데도?'

외혁우는 손을 들어 악지군의 보고를 멈추게 한 후, 생각에 잠겼다.

"물론 보고에는 조력자가 있었다고……."

"조력자? 여의단이겠구나."

"그것이… 말이 안 되는 보고라……. 보고에 의하면 황보세가를 도운 조력자는 정파의 세력이 아니라 사파삼대세력 중 하나인 사림이었다고 합니다. 게다가 겨우 두 명뿐이었다고… 사림주와 과거 혈교의 십대마인 중 한 명인 풍령 악승이라고 합니다."

"풍령 악승!"

외혁우는 자신도 모르게 목소리를 높였다.

그가 사림을 모를 리 없었다. 하나 풍령 악승에 대한 얘긴 뜻밖이었다.

"그자에 대해 아십니까?"

"알지. 십대마인은 전부 죽은 줄 알았는데……."

"사부님, 아직 확인하지 않은 상태이니 정확한 것은 아닐 거라 봅니다. 제가 다시……."

"예전에 네가 한 말을 이 사부는 기억하고 있다. 사림은 지난 몇십 년 동안 강호에 나타난 적이 없다고."

"그렇습니다. 그래서 잘못된 보고라고 말씀드린 것입니다."

"만약 사실이라면?"

"……."

악지군은 대답하지 못했다.

태산에서 온 보고가 사실이라면 딱히 할 말이 없는 까닭이다. 파천마궁에서 악지군의 임무는 사림과 수라혈의 동태 감시였다. 하나 악지군은 실제로 그들에 대해 조사한 적이 거의 없었다.

"군아?"

"보고가 사실이라면… 사림과 수라혈에 대한 조사를 처음부터 다시 해야 합니다. 파천마궁은 사파삼대세력 중 겉으로 드러난 곳이지만 다른 두 곳은 전혀 드러나 있지 않은 상태입니다."

"자료가 전부 거짓이라는 게냐?"

"…그렇습니다, 사부님."

"어찌 너무 쉽다고 생각했다. 알았다. 그들에 대한 조사부터 시작하도록 해."

외혁우는 씁쓸하게 웃으며 고개를 끄덕였다.

혈교의 십대마인이라면 충분히 신경을 쓰고도 남을 일이기 때문이다.

그러나 다시 조사할 필요는 없을지도 몰랐다. 사림에서 황보세가를 도왔다는 것 하나만으로도 많은 것을 추측할 수 있기에.

외혁우와 악지군이 심각한 대화를 하는 모습을 지켜보는 눈
이 있었다.

연무장 왼편에 솟은 전각 오층 창문 안.

투명한 피부를 지닌 여인이 무표정하게 두 사람을 지켜보다
찻잔을 들어 올렸다.

틱.

김이 모락모락 피어오르던 찻잔이 얼어붙었다.

여인은 입으로 가져가던 잔을 다시 내려놓고 천천히 뒤로
돌았다.

똑똑.

먼저 들어온 후에 문을 두드리는 중년 문사.

"빙절, 두 사제는 어찌하고 있소?"

도절은 빙절의 허락이 떨어지기도 전에 방으로 들어왔다.

빙절은 대답 대신 눈동자를 돌렸다.

"부절은 저런 곳에서 지내고 있군요. 하긴, 많은 일을 하려
면 저런 거처가 필요할 거요. 하하하."

"많은 일? 이리저리 눈치 보는 것 외에 무슨 일을 하는지, 도
절께선 아시나요?"

빙절이 싸늘하게 코웃음을 쳤다.

"빙절, 박하십니다. 그동안 부절이 해온 일이 있는데, 그래
서야 예의가 아니지요."

"그래요? 그럼 당신은 부절의 말을 잘 들으세요. 난 앞으로
내 마음대로 할 테니까."

"부절과 안 좋은 일이라도 있으셨나요? 그 아름다운 얼굴이 찡그려지는 걸 보니 내 마음이 다 아픕니다."

도절은 대놓고 빙절에게 아부를 했다.

빙절이 태산 황보세가에서 어떤 일을 겪었는지 이미 모르는 사람은 없었다.

동병상련이라고, 도절 역시 듣도 보도 못한 번천수란 놈에게 쫓겨 도망친 경험이 있었다.

두 사람에겐 미묘한 공감대가 형성되어 있는 상태였기에, 빙절의 못마땅한 태도를 도절은 놓치지 않고 잡으려 했다.

"도절, 나는 부절을 인정하지 않아요. 창절과 검절을 믿고 저러는 모양인데, 내게도……."

"장절과 수절이 있겠지요, 내게 암절과 권절이 있는 것처럼."

"……."

"……."

도절과 빙절은 서로를 쳐다봤다.

"혹시 천불노인?"

"지심대인?"

이번에도 동시에 다른 이름을 말했다.

같은 질문도, 같은 대답도 없지만 두 사람은 대화를 이어나 갔다. 그것은 그들의 두 번째 삶이 가능했던 이유와 맥락을 같이하고 있었다.

"내게……."

"힘을 주마."

빙절과 도절의 입에서 동시에 같은 말이 나왔다.

"그렇다면 부절도?"

도절이 먼저 말을 꺼냈다.

"아마도 그럴 거예요, 우리가 모인 것이 우연이 아닌 것처럼."

빙절의 우연이 아니란 말은 묘하게 도절의 가슴팍을 때려왔다. 두 번째 삶에 대한 얘기였다.

"이 얘기는 처음 하는 건데……."

"하지 말아요."

"난 사실, 살아선 안 되는 놈이오. 할 줄 아는 것이라고는 책이나 읽을 줄 아는 게 전부였소. 어느 날 어떤 놈팽이가 찾아와서 아내의 머리칼을 쥐고 끌고 가더이다. 말리던 나는 나뒹굴고 아들놈은 걷어차인 발에 숨을 꼴딱거리고. 무공을 익힌 자였소. 술 먹고 내 처자가 마음에 든다고. 내가, 할 줄 아는 거라곤 아무것도 없는 내가 놈과 싸우려 했던 모양이오. 한 방에 나가떨어졌고 깨어나니 아내와 아들놈이 죽어 있더군요. 그때 만난 분이 지심대인이오."

도절이 차분히 자신의 얘기를 말하는 동안 빙절은 아무 말도 하지 않았다. 그녀 자신의 일이 더했으면 더했지, 덜하지 않기 때문이다.

"다들 그래요."

빙절의 목소리가 조금은 누그러졌다.

"그런 자들만 고르셨겠지요."

도절의 혼잣말을 들은 빙절이 가볍게 고개를 끄덕여 주었다.

도절과 비슷한 과정을 거쳐 빙절은 힘을 얻었다.

그 뒤로 살인은 그녀에게 매우 중요했다. 살인을 하면 할수록 자신감이 생겼고 어떤 것도 이룰 수 있을 것 같은 성취감이 느껴졌다.

도절의 얘기로 아주 오래전의 일이 떠올랐으나 이내 빙절은 잊어버렸다. 이미 중요한 것이 아니기 때문이다.

감정의 정리가 빠른 것은 도절 역시 마찬가지였다.

도 한 번 휘둘러 몇십 명씩 죽이는 것은 힘이 없어서 하지 못했던 많은 것을 그에게 보상해 주었다. 살인은 이제 도절에게 있어서 없어선 안 되는 중요한 일이었다.

"우리같이 한 많은 자가 열 명이라… 앞으로 벌어질 일들이 흥미롭구려."

도절이 웃었다.

빙절도 웃었다.

그때, 연무장으로 이십여 명이 들어오는 것이 두 사람의 눈에 들어왔다.

흑의를 입은 이십여 명.

그들의 손에는 하나같이 둥그런 류이 들려 있었다.

"십인회의 열 번째 인물이 등장한 모양이네요."

"류이라면 류절인가? 분위기 하나는 기가 막히게 잘 잡는 자로군."

도절의 말이 끝났을 때, 륜절이 데려온 자들 중 하나가 고개를 들었다.

흑의 안에 빛을 발하는 눈동자 두 개가 있었다.

도절은 멀리서도 그자가 어떤 표정을 짓고 있을지 짐작이 갔다. 그냥 그렇게 느껴졌다.

'저 소모품이 날 보고 웃은 건가? 뭐지? 륜절이 데려온 자들은 소모품이 아니라는 건가?'

도절은 스스로 생각해도 어이없는지 피식, 웃으며 고개를 흔들었다. 그러는 동안 도절을 바라보는 자가 한 명 더 늘었다.

도절이 착각이라고 생각한 데에는 이유가 있었다.

소모품들은 강호 각지에 퍼져 있던 금지된 무공을 익힌 자들이었다. 그들을 외혁우가 모아 각 절에게 붙여준 것들에 불과했다.

그러나 륜절이 데려온 자들은 소모품들과는 뭔가 달랐다. 도절을 빤히 바라보는 것도 그렇지만, 마치 륜절과 별개인 것처럼 보인 것이다.

"부절에게 가죠. 열 명이 모였으니 또 지시를 내리고 싶어 안달하고 있을 텐데."

빙절은 도절이 한참 동안 말이 없자 이전의 그녀로 돌아가 있었다. 한기를 뿜어내 가까이 오는 것을 거부하던 그녀로.

도절은 빙절이 내뿜는 한기에 놀라 고개를 돌렸다가 다시 연무장을 돌아봤다.

"…그럽시다."

소모품들의 시선은 이미 도절을 향하고 있지 않았다.

*   *   *

황보소소가 운기를 마치고 밖으로 나온 것은 용악이 떠난 지 이틀 가까이 흘렀을 때였다.

헌원경이 가장 먼저 밖으로 나온 황보소소를 반겼다.

혹시나 이틀 전에 떠난 용악에 대해 물어볼까 봐 무척 애를 썼다. 하나 밖으로 나온 황보소소는 헌원경의 걱정과는 달리 용악에 대해선 한마디도 묻지 않았다.

결국 헌원경은 식사를 마치고 다시 대전 안으로 들어가려는 황보소소에게 먼저 묻게 됐다.

"소소야, 물어볼 것 없느냐?"

"물어볼 것이라니요?"

"…뭐, 이를테면 용악에 대해서라도……."

헌원경이 망설이다 툭, 뱉듯이 말했다.

"급한 일이 있었나 봐요. 얘기도 없이 간 걸 보면요."

"서, 섭섭하냐?"

"섭섭하기는요. 저는 지금처럼 이 자리를 지키고 있을 건데요, 뭐. 호호호."

황보소소는 웃음과 함께 찡긋 아미를 좁히고는 다시 대전 안으로 들어갔다.

그 모습에 헌원경은 한시름 놓은 표정이 됐다.

그러나 황보소소의 말을 정확히 알아들은 두 사람은 한숨을 내쉴 수밖에 없었다.

"헌원 늙은이, 힘내게."

"청춘들이 다 그렇지……."

대화를 들은 신공장과 돈오가 다가오며 헌원경에게 위로의 말을 건넸다.

"무슨 소리지, 두 늙은이? 힘을 내라니?"

헌원경이 황당한 표정으로 돌아봤다.

"자네가 용악을 싫어하는 건 알지만, 일이 이렇게 됐으니 어쩌겠나. 두 청춘남녀의 운명이 저렇거니 생각하는 수밖……."

신공장은 말을 끝까지 할 수 없었다.

헌원경이 노려보고 있었기 때문이다.

"소소가 그놈을 신경 쓰지 않는 것과 청춘남녀의 운명이 무슨 연관이 있다는 거지? 두 늙은이는 지금, 과년한 내 손녀의 혼삿길을 막겠다는 건가?"

헌원경이 강하게 나오자 신공장과 돈오는 서로 눈을 마주쳤다.

'소소의 말을 어째서 저렇게 알아들은 거냐, 돈오 늙은이?'

'난들 아냐.'

신공장과 돈오는 이 심각한 사태를 어떻게 해결해야 할지 멍해지고 말았다. 하나 누군가는 헌원경에게 현실을 직시하도록 만들어주기는 해야 했다.

"이보게, 헌원 늙은이. 자네 손녀가 이곳에 있을 거란 뜻은, 용악을 기다리겠다는 말이야. 그 말이 어떻게 자네 귀에는 헤어진다는 말로 들린 건지 모르겠지만, 나중에 더 큰 충격을 받지 말라는 배려로 들어주게."

돈오의 말은 여과없이 그대로 헌원경의 가슴에 못을 박았다. 헌원경이 생각을 수정하는데는 촌각도 걸리지 않았다.

"안 된다, 소소야!"

헌원경이 급히 대전 문을 뜯어내려 하는 걸 신공장과 돈오가 달려들어 말렸다.

"지금 들어가면 자네 손녀는 용악을 만나기도 전에 죽을지도 몰라!"

"그렇지. 신공장 늙은이가 오랜만에 진실을 말했네!"

신공장과 돈오의 만류로 헌원경은 차마 대전 문을 부수진 않았다.

그러나 치밀어 오르는 화를 참기 힘들었는지 엉뚱한 곳에다 장력을 쏘려 했다. 그것을 본 신공장과 돈오가 또다시 말렸다.

"그 소리 때문에 자네 손녀가 주화입마에 빠지면 어쩌려고 그러나!"

"으으으……!"

결국 헌원경은 이러지도 못하고 저러지도 못하고 머리를 쥐어뜯다가 무작정 태산 정상을 향해 신형을 날렸다.

잠시 후, 태산 정상에는 인간이 냈다고는 여길 수 없는 거대한 메아리가 한동안 쩌렁댔다.

第四章
껍데기들

천산마제

청죽림.

폭이 삼십여 장 되는 연못 주위를 청죽(靑竹)이 촘촘히 에워싸고 있다고 해서 붙여진 이름이었다.

연못 중앙에선 마의를 입은 한 노인이 부산스럽게 움직이며 무언가를 뿌려댔다. 연못에서 키우는 금빛 잉어들에게 먹이를 주는 것이다.

노인은 큰 눈에 광대뼈가 툭 튀어나와 강한 인상이었으나, 덥수룩하게 기른 수염과 눈가에 퍼진 주름이 인상을 가려주고 있었다.

"왔나?"

먹이를 뿌리던 노인이 돌아보지도 않고 물었다.

"부절이 노야를 뵙습니다. 말씀하신 대로 파천마궁을 접수했습니다."

연못가에 서 있던 외혁우가 노인을 향해 공손히 예를 갖췄다. 외혁우의 태도는 지나치다 싶을 정도로 깍듯했다.

외혁우가 이곳에 온 이유는 자의에 의해서가 아니었다. 마지막으로 파천마궁에 입궁한 류절이 말을 전해준 까닭이다.

"허허허. 내가 그런 말을 했던가?"

노야라 불린 노인은 배 위에서 고개를 갸웃거리다가 아무것도 모르는 눈으로 외혁우를 돌아봤다.

노야는 어디서나 흔히 볼 수 있는 촌로의 모습이었으나, 그런 노인과 눈이 마주치자 외혁우는 극도로 두려움이 가득한 표정이 됐다.

노야의 시선을 통해 전해지는 허허로움이 순간적으로 외혁우를 무력감에 빠지게 만든 탓이다.

외혁우는 저 무력감에 빠지는 순간 죽음을 맞이한다는 것을 잘 알기에 재빨리 시선을 피했다.

"허허허. 그리 오래 봤으면서 새삼스레 겁먹기는. 이리 와서 이놈들 좀 보게. 오늘만 세 번씩이나 먹이를 줬는데 아주 난리네, 난리. 이것들이 어디 잉어들인가, 아귀들이지."

'조심해야 한다. 노야의 시험은 끝나지 않았다.'

외혁우는 노인의 분위기에 목소리까지 더해지자 희로애락이 무슨 의미인지 스스로에게 묻고 싶은 충동에 빠져들었다.

배로 움직이려는 발을 가까스로 억제하며 제자리를 지켰다.

"후… 노야, 여전히 악(惡)하십니다. 그놈들은 하루에 세 번이 아니라 열 번을 줘도 아우성일 겁니다."

외혁우는 노야가 며칠 만에 잉어들에게 먹이를 주고 있음을 알 수 있었다. 말 그대로 노야는 악하기 때문이다. 며칠 만에 먹이를 주니 당연히 잉어들은 먹이를 몸속에 저장하려 필사적이 되는 것이다.

막 외혁우의 말이 끝났을 때, 연못 수면으로 커다란 점이 형성됐다.

금빛 잉어들과 달리 은색 비늘을 가진 거대한 잉어였다. 은빛 잉어는 모습을 드러내는 동시에 먹이를 받아먹는 금빛 잉어들을 꼬리로 휘저으며 밀쳐 냈다.

"허허허. 은동이가 왔구나!"

노야가 반가운 목소리를 냈다.

"은동이?"

"요즘 내가 애지중지하는 놈일세. 다른 놈들은 아무리 배가 고파도 먹이를 주기 전에는 꼼짝도 안 하는데, 이 은동이란 놈은 달라. 먹이를 주지 않으면 자기보다 작은 놈들을 먹어버리지. 허허허. 기특한 놈이야, 기특해!"

노야는 은빛 잉어에 시선을 떼지 못했다.

'혹시 저 은동이가 십인회?'

외혁우의 눈에 이채가 떠올랐다.

노야가 혹시라도 현 강호 정세를 잉어들에 비유해서 표현하는 것일지 모른다는 생각 탓이다.

"강한 놈이 살아남는 것이 진리라고 노야께서 말씀해 주시지 않았습니까? 당연한……."

"허허허. 온다, 온다."

"……?"

"은동이의 천적이 오고 있어!"

노야가 큰 소리로 외치며 연못 중간에 솟은 바위를 쳐다봤다.

외혁우도 말을 멈추고 시선을 돌렸다.

수면 위엔 아무런 변화가 없었다.

잠시 후, 금빛 잉어들을 밀어내고 먹이를 독식하던 은동이의 움직임이 멈췄다.

'뭐지?'

외혁우는 아무것도 보이지 않자 급히 신형을 띄워 청죽 위로 올라갔다.

그래도 보이는 것은 없었다.

파다닥!

은동이가 눈을 꿈뻑대다 갑자기 물속으로 잠수해 들어갔다.

'왜 내 눈엔 아무것도 안 보이지?'

"허허허. 높은 곳에서 볼 수 있다면 복병이 아니지. 저놈은 다른 놈들과 똑같은 종류야. 하나 유일하게 은동이에게 덤벼들 수 있는 놈이기도 하지."

"노야, 제 눈엔 그리 달라 보이지 않는데 어째서 은동이가 저리 도망을 치는 겁니까?"

"허허허. 모르면 먹히는 게야. 저놈도 은동이만큼 특별한 놈이거든. 은동이에겐 은와(銀蛙)의 내단을 먹였고, 저놈에겐 금홍(金鴻)의 내단을 먹였어. 그래서 은동이가 금동이를 무서워하는 것이야."

'은와! 금홍!'

청죽 위에 서 있던 외혁우의 신형이 흔들렸다.

노야가 말한 은와는 몇백 년 된 은두꺼비이고, 금홍은 희귀하기 이를 데 없는 금빛 기러기이기 때문이다. 아니, 그 기물들의 내단을 한낱 잉어 따위에 먹였다는 말에 충격을 받은 까닭이다.

"둘 다 좋은 걸 먹었는데 한 놈은 대장 노릇 하는 걸 좋아하고, 한 놈은 대장만 노리지. 허허허. 재미있지 않나?"

'......!'

의미심장한 말이었다.

외혁우는 노야의 말을 해석하기 위해 빠르게 머리를 굴렸으나 결론을 내리긴 힘들었다.

그러다 노야가 류절을 통해 말을 전했다는 것에 생각이 미치자 떠오르는 것이 있었다.

"노야, 십인회를 노리는 자가 있습니까?"

류절을 보낸 이유가 기밀을 위해서라면 결론은 그것뿐이었다.

"십인회를? 글쎄다. 은와를 먹은 녀석이 나타났으니 금홍을 먹은 녀석도 나타나지 않겠느냐? 허허허."

노야는 항상 그렇듯이 시원한 답변을 해주지 않았다.

"노야……."

외혁우가 노야에게 대답을 촉구할 때였다.

노야가 배 위에서 하늘을 올려다봤다.

"금홍이 나타났으니 백응(白鷹)이라고 하늘을 떠돌기만 할까. 기회를 보고 있는 게야. 잔챙이를 은동이와 금동이가 처리하면 그제야 둘을 노리고 내려올 생각인 게지."

노야는 한동안 맑디맑은 하늘을 올려다보다가는 외혁우를 돌아보며 말을 이었다.

"아직도 안 간 게야? 금홍이가 가고 있다니까, 백응이 하늘에서 맴맴 돌고 있다니까. 허허허."

'금동이에 이어 백응… 이건 무슨…….'

외혁우는 시선을 들어 하늘을 올려다봤다.

파랗기만 한 하늘에는 아무것도 보이지 않았다.

한 번도 빈말을 하지 않던 노야가 갑자기 저런 말을 한 데에는 이유가 있었다. 지금까지 그래 왔고 앞으로도 그럴 것이다.

찾아야 했다, 노야의 말이 의미하는 것을.

"노야, 금동이와 백응을 처리한 후에 다시 찾아뵙겠습니다."

외혁우는 진심을 담아 인사를 건넸다.

하지만 한 번 돌아선 노야의 시선은 외혁우가 완전히 자리를 떠나기 전까지 움직일 줄 몰랐다.

외혁우가 아는 한 노인은 평생을 이 연못에서 벗어난 적이 없었다. 스스로 청죽림이라 부르며 연못에 은둔하고 있지만 강호를 손바닥 안에 두고 있는 노인이었다.

"고민되려나? 금동이부터 막을까, 백웅에 대한 조사부터 할까? 허허허. 두 친구와 한 내기인만큼 이겨야 하는데, 저놈은 너무 영악하단 말이지."

노야는 외혁우가 사라진 것을 알고 나서야 입을 열었다.

"십천좌는 천산을 내려올 생각이 없어 보이니 우리 셋에서 놀아야 하려나? 천불과 지심의 말대로 차라리 우리가 삼천좌나 되어볼까? 허허허."

노야는 먹이 주는 것도 잊고서 연신 웃기만 했다.

그때, 눈에 보이지도 않을 빠름이 노야의 시선을 지나쳤다.

촤악! 촤라락!

하늘에서 내리꽂힌 백색 선이 연못 안으로 들어갔다가 금빛 잉어 한 마리를 입에 물고 솟구쳐 올랐다.

백색 매.

노야가 백웅이라 불렀던 놈이었다.

"빠르긴……."

노야는 급히 백웅의 부리를 주시하다 피식, 웃었다.

백웅의 부리에 매달린 놈이 금빛 잉어이긴 했으나 금동이는 아닌 까닭이다.

"그 짧은 순간에 다른 놈을 던져 주었더냐, 금동아? 웅변이 훌륭하다."

청죽림을 벗어난 외혁우의 머릿속은 복잡해졌다.

'은동이만 노리는 금동이와 그런 금동이를 노리는 백웅…노야의 수수께끼가 점점 복잡해지고 있다. 항상 직접 연락을 주시던 분이 갑자기 류절을 시켜 부르신 것도 그렇고. 은동이가 혹시 나인가?'

외혁우로서는 충분히 할 수 있는 생각이었다.

은동이가 외혁우라면 금동이는 류절, 그리고 제삼의 인물이 있어 백웅 역할을 한다는 뜻이 되기 때문이다.

'노야가 나를 경계하실 리 없다. 말 한마디면 죽일 수 있는데 뭐 하러. 그렇다면 예가 잘못됐다는 뜻이다. 은동이는 십인회일 테고 그걸 노리는 자가 따로 있다는 뜻이리라. 그럼 금동이는 내부에 있다? 아니면 외부에? 또 금동이를 낚아채려는 백웅은……'

외혁우는 생각이 깊어질수록 머리가 지끈거렸다.

어차피 이번에도 노야가 내준 숙제를 푸는 것은 온전히 외혁우의 몫이었다.

이마를 짚으려 팔을 올리던 외혁우의 행동이 멎었다.

양쪽 소매의 무게가 다르다는 것을 깨달은 것이다.

손을 소매에 넣자 만져지는 것이 있었다.

그것은 작고 붉은 환단이었다.

지금까지 노야가 내린 명령을 완수하면 지급되던 환단과 비슷한 종류였으나 냄새가 달랐다. 외혁우는 주저 않고 곧장 환단을 입에 털어 넣었다.

'이것까지 아홉 개째다.'

노야에게서 받은 환단의 개수였다.

환단을 먹을 때마다 외혁우의 내공은 부쩍 늘었다.

외혁우는 환단을 먹으며 어쩌면 육부절에 오를지도 모른다는 기대로 눈에 힘이 들어갔다.

'일단 도망친 조빈의 대제자부터 잡아들이자. 아직은 십인회의 소식이 강호로 나가선 안 된다.'

조빈의 대제자 공투는 못 잡는다고 해서 크게 위협이 될 만한 놈은 아니었다. 단지 공투를 통해 십인회의 전력이 드러나게 되면 귀찮아질 수 있기 때문이다.

외혁우가 떠난 뒤, 노야는 낚시를 멈추고 연못에서 나왔다. 청죽림 한쪽에 마련된 작은 모옥에는 이미 따뜻한 죽이 모락모락 김을 내고 있었다.

"따뜻하겠구나. 한데 이걸 뜨거울 때 먹어야 하나, 좀 식혀서 먹어야 하나?"

노야의 말이 끝나기 무섭게 모옥 한쪽에서 반라 차림의 여인이 모습을 드러냈다. 그녀는 가슴과 비소만을 가린 채 탄력 가득한 몸을 흔들며 걸어왔다.

"주인님, 말씀하신 대로 부절의 소매에 환을 넣어두었습니다. 류절과 천의위 세 명은 아무 말썽 없이 십인회 총단에 들어갔습니다."

"허허. 요요야, 내가 왜 은동이, 금동이, 백웅을 키우는 줄 아느냐?"

"잘 모르겠습니다."

갑작스런 노야의 반문에 요요는 풍만한 가슴이 모두 드러날 정도로 상체를 숙였다.

"잡아먹으려고 키우지 왜 키우겠느냐? 하나 그냥 잡아먹어선 맛이 없으니… 이렇게 하려고 하느니라. 은동이를 금동이가 먹게 하고, 은동이 먹은 금동이를 백웅이 먹도록 하는 게야. 그럼 나는 백웅만 먹으면 셋 모두 먹게 되잖느냐? 어떠냐? 허허허."

노야는 자신의 말이 무척 마음에 드는지 흐뭇하게 웃으며 덥수룩한 수염을 앞으로 내밀면서 풍에 걸린 사람처럼 고개를 흔들었다.

그러자 요요가 천천히 다가와 수염을 쓰다듬으며 식사 도중에 죽이 묻지 않도록 얇은 천을 대주었다.

"제가 아는 정보에 대해 말씀드리겠습니다. 혈교의 십대마인 중 현존하는 자들은 모두 셋으로 풍령, 사령, 석령입니다. 셋 중 풍령은 사림의 주인이란 자와 동행하고 있고, 나머지 둘은 언제든 노야의 은혜에 보답하고자 대기 중입니다."

"막상 먹으려니 너무 뜨거워 보이는구나. 좀 식은 다음에 먹어야 하려나……."

노야는 요요의 말을 듣기나 했는지 시선을 가슴골에서 떼질 못했다.

"알겠습니다. 나머지 둘을 보내 십인회 총단에 가지 못하도록 하겠습니다. 십인회 총단으로 향하는 곳이 한 군데 더 있습니다. 여의단의 총령이 꽤 많은 무리와 함께 이동 중입니다."

"여의단?"

노야가 요요의 가슴골에 됐던 시선을 떼어냈다.

노야의 시선이 닿았던 피부가 빠르게 식었다.

"어떤 점이 마음에 들지 않으신지요. 말씀하시면 올바르게 고치겠습니다."

요요는 노야의 반문에 커다란 가슴이 땅에 닿도록 엎드려 고개를 조아렸다.

노야는 아무런 감정 없는 눈으로 요요를 바라보았다. 다른 사람이었다면 벌써 뇌수가 튀고도 남을 시간이었다.

요요이기에, 노야의 사랑을 받고 있는 몸을 가진 그녀이기에, 풍만한 몸이 애처로움을 유발할 정도로 떨었기에 살 수 있었다.

"허허허. 잠시 딴생각을 하는 바람에 요요가 겁을 먹었구나. 괜찮다."

아직도 요요는 몸을 떨었다.

어떻게 해야 살 수 있는지 아는 처세였다. 최대한 불쌍하게 보여서 노야가 그녀의 몸에 손을 대도록 만들어야 살 수 있는 것이다.

요요를 바라보는 노야의 눈에 동정이 일었다.

"요요야, 괜찮다고 하잖느냐."

"……!"

요요가 말을 하려 고개를 들었을 때, 그녀의 가슴으로 노야의 손이 불쑥 들어왔다.

노야의 손은 요요의 가슴을 뭉갤 것처럼 와락 쥐었고 요요의 아미가 구겨지는 것을 보며 웃었다.

분노는 노야를 사자로 만들어주었다. 손에 잡히는 모든 것을 거칠게 찢어발기고 짓누르며 부숴 버릴 수 있었다.

"아……!"

요요는 그런 노야를 사랑했다.

길들여진 탓이다.

그녀에게 있어 노야에게 길들여지는 것은 즐거움이었다. 노야의 즐거움을 위해서는 어떻게 해야 하는지 잘 알기에 노야의 손짓과 몸짓에 맞춰 전신을 움직였다.

요요는 노야가 만들어낸 소모품이었다.

완성도에 따라 천(天), 지(地), 인(人) 세 등급으로 분류되는 그들을 노야는 좌위라 불렀다.

천급 좌위 중 가장 강하며 여인으로서도 만족스러운 소모품.

요요의 신음이 청죽림을 흐느끼게 만들었다. 그럴수록 거칠게 밀어붙이던 노야의 눈에는 욕망이 흘러넘쳤다. 허허롭던 눈이라고는 믿기지 않을 정도의 지독한 광기와 함께.

'여의단……'

노야에겐 잊지 못할 곳이었다.

사십 중반의 미남과 천좌의 무공 중 세 가지나 익히고 있던 노야의 만남.

그 중년인은 삼왕도 아니었고 오악무제도 아니었다. 한데도 그는 천둥번개를 뿌려대며, 창좌와 궁좌와 빙좌의 무공을 사용하는 노야의 손에 천 초를 버텼다.

그를 길러낸 곳이 여의단이었다.

당시의 여의단은 지금과 같이 구대문파의 떨거지들이 모인 곳이 아니었다.

갑작스럽게 떠오른 기억을 잊기 위함인가?

노야의 몸짓이 과격하게 변해갔다.

그럴수록 청죽림에는 요요의 몸속 깊은 곳에서 토해지는 신음으로 가득해져 갔다.

            *   *   *

공투는 발아래 길게 깔린 석양을 밟으며 걸었다.

'빌어먹을! 혈교의 십대무공이 뭔지 몰라도 내가 반드시 깨뜨린다. 사부님… 백부님…….'

공투의 참담한 기분은 이루 말할 수 없었다. 파천마궁을 배반한 악지군을 두고 오히려 반대편으로 내달리고 있는 것이다.

벌써 반나절 이상을 걸었지만 불빛 하나 보이지 않았다. 쥐죽은 듯 조용한 숲이 미치도록 싫었다. 외로움 때문이었다.

지하 석실에서는 밖으로 나가기만 하면 반겨줄 수많은 사람들을 떠올리며 참을 수 있었으나 지금은 아무도 없다.

"한심하다, 공투……."

들어줄 사람 없는 공허한 푸념이 자꾸만 흘러나왔다.

"한심하구나… 으익!"

공투는 입에서 흘러나오는 말조차 싫었다.

곧바로 땅을 박차며 날아올랐다. 아니, 막 땅을 박찼을 때였다.

공투의 귀로 날카로운 소리가 들렸다.

공투는 날아오르던 속도를 줄이기 힘들다는 것을 깨닫고 곧바로 신형을 틀었다. 복부 아래로 지나가는 날카로운 비수가 보였다.

비수는 하나로 그치지 않고 연속해서 날아왔다.

안 그래도 분노하고 싶던 터였다.

땅에 내려선 공투는 곧장 양손에 진기를 집중해 검은 안개를 만들어냈다.

"수상한 놈이구나. 이곳이 십인회의 영역이란 것을 알고는 있느냐?"

'한 놈이 아니라 여러 놈이다.'

공투는 손을 쓰려는 자를 향해 묵지혈환을 날린 후 곧장 암흑대멸겁을 사용해 다른 자들의 발을 묶었다.

콰앙!

먼지 사이로 보이는 숫자는 모두 예닐곱.

그들을 직접적으로 공격한 것이 아니기에 그림자만 살폈다.

"파천마궁의 암흑대멸겁이다!"

먼지 안에서 누군가 소리쳤다.

파천마궁의 무공을 알아본다는 것은 두 가지 중 한 가지였다. 파천마궁의 무인이거나 파천마궁을 공격한 자들이거나.

파천마궁의 무인이라면 저런 식의 반응을 보이진 않을 것이다.

"죽인다."

공투의 입에선 억누른 목소리가, 눈에선 이글거리는 화염이 쏟아졌다. 먼지가 걷히고 그 안에 드러난 공투의 모습은 광인의 그것과 다름 아니었다.

"내가 바로 파천마궁의 대공자 공투다."

공투는 이들과 싸우게 되면 신변이 노출될 수 있다는 것까지 생각할 여유가 없었다. 그저 죽이고 싶을 뿐이었다. 힘이 없어 도망친 것이 아니라는 것을 보여주고 싶었다.

공투를 막아선 자들은 이제는 십인회의 총단이 된 파천마궁으로 부름을 받고 향하던 소모품들이었다.

십인회의 총단은 그들처럼 십천좌의 무공을 익힌 자들에겐 성지로 여겨지고 있었다. 어떤 식으로든 십천좌의 무공을 익혔으면 십인회의 총단으로 가야 하는 것이다.

일곱 명의 소모품은 약속이나 한 것처럼 좌우로 흩어졌다. 파천마궁의 대공자를 만났다는 것은 그들에겐 행운이었다.

일곱은 각자의 무기를 꺼내 들었다.

방어에 치중하고 있을 때는 드러나지 않던 그들의 몸에서 살벌한 기세가 흘러나왔다.

"다… 죽……."

공투가 절파인으로 몸을 보호하고 양 손가락으로 묵지혈환을 날리려 할 때였다.

"풉. 이거, 이거, 이젠 어딜 가나 보게 되네."

'기척도 느끼지 못했다!'

갑자기 끼어든 낯선 목소리에 공투는 해쓱해지며 옆을 돌아봤다.

어른 팔뚝보다 두꺼운 나무에 기대어 동그란 얼굴로 웃으며 서 있는 자가 보였다.

'나무가 저렇게 휠 수도 있나?'

공투는 이 심각한 상황에서 왜 그것이 먼저 보였는지 몰랐다. 그만큼 나무에 기댄 자의 몸은 거대했다. 아니, 배가 거대했다.

"누구냐!"

공투가 물어 보기도 전에 소모품들이 깜짝 놀라며 물었다.

"도대체 니들은 숫자가 얼마나 되는 거냐? 누가 금지된 무공을 땅에 심어놨나……."

악승이 기댔던 나무에서 몸을 떼자 나무가 힘겨운 소리를 내며 원래 자리로 돌아왔다.

"어이, 물러나 있어."

공투의 산발한 머리와 덥수룩한 수염 때문에 나이를 짐작할 수 없어 그리 부른 것이다.

악승의 목소리는 덩치에 어울리지 않게 무척 가늘었다.

공투가 자신의 의지를 표현하기도 전에 악승이 말을 이었다.

"사림의 대장로 풍령 악승이 바로 노부니라. 금지된 무공을 익히니 눈에 뵈는 것이 없지? 지금까지 수십 명이 그렇게 생각했다가 내 손바닥에 날아갔다."

'풍령 악승… 풍령… 헉! 혹시 혈교의 십대마인 중 수위를 다투던 고수라는 그 풍령 악승?'

공투는 악승을 유심히 쳐다보다 해연히 놀라 자신도 모르게 뒤로 물러섰다.

그리고 보게 됐다, 저런 거대한 몸이 안 보일 정도로 빠르게 움직일 수 있음을.

쿠르르―!

악승의 팔에는 둥근 형태의 풍령이 휘감겼고, 두 다리는 땅에 뿌리라도 내린 것처럼 요동없이 굳건했다.

공투는 악승의 전신에 흘러나오는 마기와 살기에 몸에 전율이 일었다. 파천마궁주 조빈 외에 이런 기세를 일으킬 수 있는 고수는 처음 본 까닭이다.

소모품들은 악승의 손에 기운이 뭉쳐지자 덤벼들 생각도 못하고 식은땀을 흘리며 서 있었다.

악승의 살찐 얼굴에 웃음이 감돌았다.

잔인함으로 따지면 혈교의 십대마인 중 최강으로 불리는 그였다.

악승은 머릿속에 소모품들을 어떻게 죽일지 그리자마자 힘껏 팔을 휘둘렀다.

퍽!

짧은 음향과 함께 소모품 한 명이 쓰러졌다.

이미 악승은 자리에 없었다.

허공을 격해 소모품 한 명을 날려 버린 후 차례대로 나머지 소모품들을 처리했다.

"아……."

공투는 악승이 움직이는 것을 제대로 볼 수 없었다.

소모품 중에 한 명이 사지를 떨며 쓰러지는 것을 봤다 싶은 순간 나머지 여섯 명의 숨이 끊어진 까닭이다.

"이것들이 왜 너를 노렸지?"

"예? 아, 그것이……."

"파천마궁 때문이지?"

"……."

악승의 입에서 대뜸 파천마궁에 대한 말이 나오자 공투는 대답하지 못하고 눈을 피했다.

'어?'

벌에 쏘인 것처럼 따끔한 감촉이 느껴지더니 그대로 의식을 잃고 말았다.

'이, 이 냄새는!'

지하 석실에서 지내는 동안 먹었던 것이라고는 벽곡단이 전부인 공투의 코로 살인적인 냄새가 침입했다.

고기, 그것도 공투가 폐관수련이 끝나면 반드시 먹겠다고 다짐했던 멧돼지 고기였다.

공투가 눈을 부릅뜨자 바로 앞에 꼬챙이가 꿰어진 채 구워지고 있는 멧돼지 한 마리가 보였다.

껍질이 익으면서 나는 고소한 냄새는 저절로 공투의 입에서 침이 흐르게 만들었다. 결국 참지 못하고 멧돼지를 맨손으로 잡으려 했다.

그때, 공투의 행동을 제지하는 손이 있었다.

이십대 중반으로 보이는 청년이었다.

'누구지? 악 대협은 어딜 가고……'

공투는 악승을 찾아 고개를 좌우로 돌렸다.

"뭘 찾아? 이거나 받아."

청년은 공투를 지켜보다 멧돼지를 썽둥 쓸어 건넸다. 용악이었다.

공투는 받아 든 고기를 그대로 입에 넣었다.

"……!"

바삭하고 고소한 껍데기의 감촉이 느껴지기도 전에 혀를 덮어버리는 육즙 때문에 고기는 씹을 새도 없이 목을 넘어갔다.

"더 줘?"

공투는 즉시 고개를 끄덕였다.

용악은 적당히 익은 부위를 뭉텅 잘라 다시 공투에게 주었다. 그러고는 자신도 고기 한 점을 잘라내 입에 넣고 오물거렸다.

용악이 한 점을 씹는 동안 공투는 어느새 고기 한 덩이를 다먹고 용악을 쳐다보고 있었다.

"더 생각 있으면 와서 먹어."

'먹어?'

공투는 그제야 용악이 자신을 아랫사람 대하듯이 말하고 있다는 것을 깨달았다.

"아, 알겠……."

공투는 용악이 자신보다 어리다는 것을 알기에 말을 놓으려다 말끝을 얼버무리고 말았다. 하나 그런 생각은 멧돼지 고기를 보는 순간 모두 잊었다.

"파천마궁과 관련이 있다고?"

"……."

공투는 멧돼지 고기를 한 입 가득히 물고 있기에 대답을 하지 않았다. 아니, 그렇게 생각하기로 했다. 무슨 이유인지는 모르지만 용악의 눈을 똑바로 보면 안 될 것 같은 생각이 들었기 때문이다.

"파천마궁의 상황을 듣고 싶다. 십인회가 파천마궁을 완전히 장악했느냐?"

"……."

이번에도 공투는 용악의 질문에 대답하지 않았다.

그때, 뒤쪽에서 기억나는 목소리가 들려왔다.

"풉. 빨리도 일어났구나."

"컥!"

공투는 입에 넣고 있던 고기를 토해내듯이 뱉어내며 돌아섰다.

"주군, 주위엔 개미새끼 한 마리도 없습니다."

악승은 모습을 드러내자마자 보고부터 했다.

당연히 공투의 눈은 찢어질 듯 부릅떠졌다.

'주, 주군? 저, 저 청년이… 악 대협의 주군……'

공투는 다가오는 거대한 체구의 악승과 조용히 자리에 앉아 있는 용악을 번갈아 바라보다 멍한 표정을 지었다. 용악이 악승보다 더 고수라는 사실을 믿기 힘든 것이다.

"누, 누……."

"풉. 할 줄 아는 질문은 오로지 그것뿐이냐? 주군, 이놈이 불었습니까?"

"전혀. 이제 막 깨어났다."

용악은 공투에게 시선도 주지 않았다.

"오! 그럼 이제부터 제가 맡아도 되겠습니까?"

"마음대로."

"푸풉. 그렇단 말입죠?"

악승이 세모꼴 눈을 만들며 마기를 드러냈다.

섬뜩한 기운이 몸에 닿자 공투는 기겁을 하며 뒤로 물러서서 방어 자세를 취했다.

"뭐야? 나야, 널 살려준 고마운 사람. 기억은 나냐?"

악승은 공투의 반응에 신기한 표정이 되어 물었다.

"다, 당연히 기억납니다. 저는… 파, 파천마궁의 대제자 공투입니다."

공투는 말을 하면서도 연신 몸을 떨었다.

악승의 몸에서 흘러나오는 기운에 접하는 순간 의지와 무관하게 일어난 일이었다.

"그래? 근골은 괜찮은데 하필 조빈의 제자가 돼서는… 하긴, 네가 선택할 수 있었을 리가 없겠지."

악승은 공투의 기세를 단숨에 꺾어버렸다가 슬며시 풀어주었다. 악승의 기운에 대항하기 위해 전력을 다해야 했던 공투는 그제야 숨을 제대로 쉴 수 있었다.

"당신이 아무리 고수라도 사부님의 이름을… 큽!"

"뭐야? 그까짓 배신자 따위의 이름을 말하는 게 뭐가 어떻다고? 다시 한 번 말해봐라, 아주 숨을 끊어놓을 테니."

"컥!"

공투가 격하게 몸을 떨며 그 자리에 주저앉았다.

"주군 앞에서 그따위 잡놈의 이름은 말하지 마라."

"사, 사부님이 누굴 배신했다는 것이오!"

공투는 이를 악물며 일어섰다.

"한 번만 더 지껄여라."

악승의 가는 목소리엔 살기가 번들거렸다.

정말로 입을 열면 죽일 분위기였다.

"도망친 거군."

지금까지 가만히 있던 용악이 질문을 건넸다.

공투는 악승의 눈치를 살폈다.

악승은 용악이 질문을 건네자 공투를 노려보던 시선을 거두었다. 굳이 확인하지 않아도 용악이 악승보다 더 괴물이란 것을 알기에 충분했다.

"그렇소."

"파천마궁이 무너졌는데 혼자만 살겠다고?"

"그런 게 아니오! 그들은, 그들은⋯⋯."

지하 석실에서 어떤 일이 있었는지, 공문득의 죽음을 헛되이 하지 않기 위해 얼마나 노력했는지.

지난 며칠 동안 있었던 일들을 설명하려 입을 열었던 공투는 아무 말도 하지 못하고 입을 닫고 말았다. 무슨 말을 해도 소용없다는 것을 아는 까닭이다.

"그렇군."

용악은 들고 있던 나뭇가지를 바닥에 놓았다.

더 이상 공투에겐 볼일이 없음을 암시하는 행동이었다.

"⋯난 폐관수련 중이었소. 혼자만 살겠다고 도망친 것이 아니라, 혼자라도 살아야겠다고 생각해서 도망친 것이오!"

도망이란 말을 하는 공투의 눈에서 불이 뿜어져 나왔다.

파천마궁의 고수들이 전멸했다고.

현재의 공투로선 대항할 수 없는 자들이라고.

혈교를 찾아가 진짜 혈교의 무공을 배우라고.

몸을 피한 데에는 그만한 이유가 있었다.

"풉. 혼자 살아서 뭐 하게? 파천마궁을 다시 일으키기라도 하게?"

악승이 비웃는 말투로 물었다.

"복수를 할 겁니다."

"실력도 안 되는 녀석이 무슨 수로?"

"혈교를 찾아갈 겁니다."

"혈교?"

공투의 입에서 혈교란 말이 나오자 악승은 이채를 발했다.

"알아야 할 것이 있습니다."

"알아야 할 것이라, 뭐지?"

"…사부님의 팔대마공이 혈교의 십대무공과 비교할 때 어느 정도의 차이가 있는지……."

공투는 악승이 관심을 보이자 용기 내어 말했다.

"터무니없는 소리! 비교? 그따위 잡술을 어디에 비교하려는 거냐! 조빈의 팔대마공? 그런 건 애초에 있지도 않은 것들이다. 물론 혈교의 호신무공이라 대성하면 상당한 위력을 가지지만 그렇다고 십대무공과 비교할 정도는 아니다."

"호신무공……."

공투는 머릿속이 하얗게 변했다.

악승의 실력을 확인한 후이기에 더욱 정신이 없었다.

"너는 지금부터 미끼다. 십인회에서 너를 잡으려 할 테니 잘

됐다."

용악의 말이 끝나기 무섭게 악승이 호응을 하며 좋아했다.

"풉. 그런 수가 있었군요, 주군. 역시! 놈, 네 사부가 저지른 죄를 네가 대신 받아야겠다."

용악은 더 이상 망설일 필요 없다고 여겼는지 불을 끄고 일어났다.

"음? 한데 어째서 주위엔 아무도 없었던 거지?"

악승이 용악을 따라 일어나다 이상한 듯 고개를 갸웃거리며 공투를 쳐다봤다.

공투는 용악과 악승의 시선을 받자 텅 빈 눈이 되어 고개를 좌우로 흔들었다.

"아까 일곱이 비밀 통로에서 나온 뒤 처음 만난 자들입니다."

맥 빠진 목소리를 듣자 악승은 이내 심드렁해졌다.

"데려가, 악승. 어차피 파천마궁으로 가려면 안내할 사람이 필요하니까."

"알겠습니다. 주군의 말씀 들었지? 안내해라."

"……."

공투는 악승을 쳐다봤다.

그러다 문득 엉뚱한 생각이 들었다.

'이들이라면…….'

용악과 악승이라면 십인회와 충분히 싸울 수 있을 것 같았다. 그 자리에 공투 자신이 있다면 그것은 복수를 하는 거나 다름없었다. 물론 스스로 해야 하겠지만 그러기엔 너무 요원한 일이었다.

"알겠습니다. 저도 어차피 돌아가려 했습니다."

공투는 마음을 굳게 먹은 표정으로 일어났다.

第五章
사령과 석령

천산마제

악승이 죽인 소모품 일곱의 시체를 바라보는 눈.

굽어진 어깨와 늘어뜨린 머리카락.

사신이 현세에 모습을 나타낸 것처럼 암울한 분위기를 풍기는 인물.

그의 회색빛 눈동자가 주위를 훑고는 다시 시체들을 향했다.

"풍령… 잘 지냈는가? 나, 사령이 곧 찾아가네."

사령의 목소리에는 쇳소리가 섞여서 흘러나왔다.

석령은 서쪽, 그는 동쪽.

풍령을 발견했다는 서찰을 접하자마자 두 사람은 이십 년 만에 강호로 나왔다. 무려 칠 주야를 달려 이곳까지 올 수 있었다.

풍령이란 이름은 두 사람에게 너무도 특별한 이름이었다.

혈교의 십대마인은 전멸했다. 아니, 그랬어야 했다. 한데 서찰에서 풍령이 살아 있다는 것이다.

사령의 눈동자가 더욱 회색으로 빛났다.

"흔적을 찾았습니다."

"방향은?"

"근방에 주루는 한 곳뿐입니다."

"지름길로 가면?"

"먼저 도착할 수 있습니다."

"간다."

사령은 말이 떨어지기 무섭게 사라졌고, 소모품들은 멀리 떨어진 곳의 다른 소모품들에게 피리로 알려댔다.

*   *   *

공투는 지금까지 왔던 방향으로 용악과 악승을 안내했다.

한참을 말없이 공투의 안내를 받던 용악이 멈춰 서며 주위를 둘러봤다.

"주군, 무슨 일입니까?"

"공기가 달라졌다."

"……!"

"몰려드는 인원이 꽤 된다. 근처에 쉴 곳이 있느냐?"

공투는 용악이 알 수 없는 말을 하다 갑자기 질문을 던지자 곧바로 대답을 하지 못했다.

"찾아보고 오겠습니다, 주군."

"그래. 그쪽 말고 저쪽."

용악은 남쪽으로 가려는 악승에게 동쪽을 가리켰다.

그러자 악승은 허공에서 신형을 틀어 동쪽을 향해 날아갔다.

"인간이 저런 식으로 신법을 펼칠 수도 있구나……."

악승의 엄청난 속도에 공투의 입은 다물어질 줄 몰랐다.

악승이 돌아온 것은 일각도 지나지 않아서였다.

"주군, 앞쪽에 주루가 하나 있습니다."

"가자."

"예? 자, 잠시만 기다리십시오."

공투는 두 사람의 대화에 화들짝 놀라 막아섰다.

"근처에 주루가 한 곳뿐이라면 당연히 적들은 그곳에 모일 것 아닙니까?"

"풉. 그런데?"

"일단 피해 가야지요."

공투는 당연한 소릴 왜 물어보냐는 듯 악승을 쳐다봤다.

"주군, 기절시켜서 짊어지고 갈까요?"

"알아서 해."

용악은 공투의 말을 듣기나 했는지 먼저 움직였다.

공투는 화를 참지 못하고 소리를 지르려 했다.

"애송아, 운이 좋은 줄 알고 입 닥치고 있어라. 예전 같았으면 길을 막아선 순간 네놈의 목은 잘렸을 텐데……."

'도대체 저 사람이 누구기에 이토록…….'

"누구냐고? 풉풉. 궁금하면 잔말 말고 따라와."

악승은 공투의 숨김없는 눈을 보며 웃었다.

악승이 보기에 공투는 지나치게 순수했다. 이런 녀석이 어떻게 파천마궁의 대제자가 될 수 있었는지 의심이 들 정도였다.

파천마궁은 순수 혈교의 맥을 이은 곳이 아니었다.

그저 혈교의 호신무공 몇 가지 훔쳐다 만들어진 곳에 불과하기 때문이다.

실력에 자신이 없으면 다른 것으로 나머지를 채우려 하는 것은 당연했다. 한데 공투에게선 그런 점이 보이지 않았다. 조빈과는 성정이 완전히 달랐다.

주루까지는 공투의 느린 걸음 때문에 일다경 가까이 걸려서야 도착할 수 있었다. 주루 안에 어떤 자들이 모여 있는지는 굳이 들어가지 않아도 알 수 있었다. 그 정도로 살기가 가득했다.

그러나 용악이나 악승은 전혀 개의치 않고 들어갔다.

"풍령, 정말 자네였군."

굵고 강직한 목소리가 주루로 들어선 용악과 악승을 반겼다.

용악과 악승의 시선이 동시에 위를 향했다.

주루 이층에 잔을 든 채 앉아 있는 자가 보였다.

네모난 얼굴에 붕대를 반 이상 감고 있는 자.

주루 안으로 들어서던 악승이 걸음을 멈췄다. 먼저 눈에 들어온 자들은 주루 안에 진을 치고 있는 소모품들이었다.

용악은 악승의 표정에서 놀라움을 읽고 흥미로운 표정이 됐다.

'악승이 놀랄 정도라고?'

용악은 악승이 저렇게 놀라는 모습을 처음 봤다.

"…많이 변했지만 알아보기는 더 쉬워졌군, 석령."

얼굴을 붕대로 감은 자의 이름을 부르는 악승의 목소리에 미묘한 감정이 담겨 있었다. 그것은 반가움이나 그리움은 아니었다.

올 것이 왔다?

분명 용악이 듣기엔 그랬다.

'석령?'

용악은 들어본 적 없는 이름에 고개를 갸웃거렸다.

"크크크. 왜 그리 딱딱하게 굳어 있나, 풍령? 오랜만에 만났는데 한잔하세나."

석령이 들고 있던 잔을 악승에게 건네는 시늉을 하자, 잔이 느리게 아래쪽으로 움직였다.

'악승 못지않은 고수다!'

용악은 잔이 날아오는 속도도 속도였지만 그 안에 담긴 내력에 놀랐다.

잔을 날리는 건 누구나 할 수 있었다.

그러나 저 잔은 평범한 잔이 아니었다.

잔과 잔 안의 술에 두 가지 무공이 담겨 있었다.

단순한 진기가 아니었다.

잔을 잘못 깨뜨리기라도 하면 그 안에 담긴 무공이 사방으로 퍼져, 잘못하면 주루 전체가 날아갈지도 몰랐다.

용악은 흥미롭게 두 사람의 비무를 지켜보려다 인상을 찌푸렸다.

"악승, 받지 마."

"풉. 주군, 이번만 봐주십시오. 옛 동료가 건네는 잔입니다."

"동료? 원수가 아니라 동료라고? 악승, 두 가지다. 잔에 하나, 술에 하나. 고명한 수법이야."

'둘?'

악승은 용악의 말에 안력을 돋워 잔을 노려봤다.

잔에 수작을 부린 것은 알고 있었으나, 술까지는 파악을 못한 까닭이다.

자세히 보니 용악의 말처럼 잔과 술이 따로 놀고 있었다. 악승은 용악의 말을 확인하자마자 곧장 기합을 터뜨리며 오른손에 구름이 휘몰아치는 형태의 풍령을 모았다.

주루 안은 그로 인해 크게 요동쳤고 오른손에서 무지막지한 기운이 직선으로 뻗어나갔다.

쾅!

"크크크. 역류이로구나! 그걸로 이 싸움은……."

잔을 날린 석령은 득의의 웃음을 지으며 자리에서 일어났다. 하나 일어선 사령의 눈에 악승이 아직 자세를 거두지 않은 것이 보였다.

"설마……!"

"풉. 석령, 그동안 얍삽한 수법만 연구한 모양이군."

악승의 말이 끝남과 동시에 무언가 잘리는 음향이 일어났다. 그러고는 바닥으로 떨어지는 액체.

"절린… 암흑대절 일, 이절이 담긴 것을 어떻게 알았느냐, 풍령?"

"석령, 그 정도는 예전의 내게도 우스운 수법이었어. 이십 년이나 흘렀는데 그걸 못 막을까."

악승은 환하게 웃으며 대답했다.

"크크. 겨우 그 정도로 기고만장하긴 이르지. 여기서 마저 할까? 아니면 장소를 옮길까?"

석령은 어느새 평정을 되찾았다.

"어쩌지, 석령? 그건 내가 결정할 문제가 아니라서 말이지……."

악승이 용악을 돌아봤다.

용악은 이미 악승이 달아올랐음을 보았다.

평소의 악승이었다면 석령이란 자가 왜 이 자리에 나타났는지부터 알아봤을 텐데 지금은 그럴 생각이 없어 보였다.

석령이 자리를 떠나는 순간 아마도 주루 안의 손님들이 일제히 용악에게 덤빌 것이다.

"어차피 할 거잖아. 가봐."

"그렇지 않습니다, 주군. 가지 말라고 하시면 저는 이 자리에서 꼼짝도 하지 않을 생각입니다. 정말입니다, 주군. 하나… 허락을 해주신다면 숨 한 번 몰아쉴 정도로 빨리 끝낼 것을 약속드리겠습니다."

악승이 애써 웃는 것을 용악이 모를 리 없었다. 또한 이럴 때는 모른 척해주는 것이 좋았다.

"빨리 끝내고 와."

"감사합니다!"

악승은 용악의 허락이 떨어지자 동그란 얼굴 가득히 웃음을 담았다.

"크크. 풍령, 저 애송이가 주군이라고? 천마의 유물이라도 주웠는가? 어디, 그 유물부터 한번 볼까?"

석령이 용악을 향해 사악하게 웃었다.

당장에라도 손을 쓸 것 같은 태도였다.

그러나 용악은 석령의 말을 들었음에도 모른 척 탁자에 앉더니 '툭툭' 손가락으로 두드렸다.

"훗. 악승, 아직도 저 돌대가리를 데려가지 않았나?"

"석령, 그 주둥아리 못 닥치겠느냐!"

용악의 말이 떨어지기 무섭게 악승이 소리쳤다.

악승은 용악이 참고 있음을 잘 알고 있었다. 악승의 부탁이 아니었다면 석령은 벌써 신체의 일부 중 하나를 잃은 후였을 것이다.

악승의 전신을 감싸고 있던 마기에 더해 살기가 꾸물거리며 흘러나왔다. 죽음의 바람을 일으킨 것이다.

"크크크. 사풍후(死風吼)가 내겐 소용없다는 것을 잘 알 텐데?"

"석령, 네가 어떻게 살아났는지 몰라도 주군을 뵙는 순간 그 돌대가리를 바닥에 처박았어야 했다."

"혈마께서 종적을 감추신 후 내게 주군은 없다. 저 애송이가 천마의 무공을 익혔다고 해도! 그건 어디까지나 나와 상관없는 일이다, 풍령."

"석령, 경거망동하지 마라. 저분은 전대 주군의 진전을 모두 이은 분이시다!"

악승의 분노로 주루 바닥이 내려앉았다.

"악승, 저자를 죽이는 순서다. 눈, 입, 심장."

용악의 명령에 악승은 잠시 석령을 올려다봤다.

'나는 네 말을 들어줄 수 있지만, 주군께는 그따위 말을 해선 안 된다, 석령.'

악승은 볼을 부풀렸다가 무언가를 뱉어냈다.

"악승, 이행하겠습니다."

악승이 먼저 밖으로 나갔다.

"크크크. 애송아, 풍령을 처리하고 돌아올 때까지 살아 있다면 그땐 내가 직접 그 입을 도려내 주마."

석령은 주루 안에 있는 자들에게 눈짓으로 무언가 명령을
내리고는 창문 밖으로 몸을 날렸다.

"들어와.."

용악은 주루 안의 소모품들이 기세를 피우든 말든 개의치
않고 공투를 불렀다.

공투가 주춤거리며 다가왔다.

"츱. 너희들은 석령께서 돌아오실 때까지 얌전히 있으면 죽
이진 않겠다."

소모품들 중 한 명이 잇새로 바람 빠지는 소리를 내며 자리
에서 일어났다.

꽤 자신감이 충만한 표정이었다.

소모품들은 악승이 용악을 어떻게 불렀는지 모두 들었음에
도 전혀 긴장하는 모습이 아니었다.

용악은 소모품들의 숫자를 세었다.

모두 서른둘.

주루 안에 있는 스물다섯과 밖에서 망을 보는 일곱.

안으로 들어온 공투가 자못 긴장된 눈으로 용악을 쳐다봤
다.

"지금부터 네가 익힌 무공을 전부 사용해라."

용악은 공투의 산발한 머리와 덥수룩한 수염 때문에 표정을
읽진 못했지만 긴장하고 있음을 눈을 통해 알 수 있었다.

그런 공투에게 소모품들과 싸워라?

공투의 눈이 동그랗게 떠진 건 당연했다.

"그건……."

"해봐. 혹시 알아, 싸움이 끝날 때까지 안 죽고 살아 있을 지?"

"……."

공투는 죽는다는 말을 아무렇지도 않게 하는 용악을 보며 눈을 껌뻑였다.

현재 공투의 실력으로는 소모품 다섯 이상을 상대하는 것도 힘들었다. 숲에서 만난 소모품 일곱과는 비교할 수 없는 기운 이 공투를 짓눌렀다.

단지 인원이 많아서는 아니었다. 주루 안의 소모품 개개인 의 실력이 다른 소모품들보다 높다는 것이다.

폐관수련 중에는 자신의 실력을 점검할 기회가 전무했다. 그 안에서는 오로지 자신의 감각만으로 실력을 점검해야 하는 것이다.

'어떻게 하지? 저들이 어떤 무공을 사용하는지도 모르는데 무슨 수로 싸워야 하는 거지?'

공투의 안색이 급기야 창백해졌다.

소모품들을 향해 있는데도 눈앞이 하얗게 변해 버려서 아무 것도 보이지 않았다.

툭.

"……!"

누군가가 공투의 어깨를 건드렸다.

공투는 화들짝 놀라 양손에 모아놓은 암흑대멸겁의 기운을 그대로 뿌려댔다.

"내가 아니라 저쪽이라니까."

'아차!'

공투는 목소리의 주인이 용악이란 것을 깨닫고 급한 마음에 진기를 거두려 했다. 하나 이미 흐름을 탄 진기는 공투의 의도와는 무관하게 쏟아졌다.

그때, 공투의 신형이 뱅그르르 한 바퀴 돌더니 양손에 모아진 암흑대멸겁의 기운이 소모품들을 향했다.

쿠쾅!

폭음은 긴장으로 인해 좁혀졌던 공투의 동공을 열어주었고 시야를 확보하게 해주었다.

'후우, 보인다.'

공투는 속으로 한숨을 내쉬며 안도했다.

'아, 그 사람은?'

"눈 돌릴 여유 없다. 시작했으니 제대로 해봐."

용악을 찾기 위해 눈을 돌리려다 귀로 들려온 용악의 목소리에 공투는 다시 정신을 수습했다. 하나 타인에 의해 날아가는 것까지는 막지 못했다.

붕, 떠오른 공투의 신형이 소모품들 안으로 무섭게 날아갔다.

"으어!"

공투의 입에서 기합도 아니고 비명도 아닌 어정쩡한 목소리가 터져 나왔다.

"이 미친놈!"

소모품 중 두 명이 공투의 양쪽을 노리고 검과 도를 뿌려댔다.

무방비 상태의 공투에게 그보다 위협적인 공격은 없었다. 막기도 늦었고, 피하는 것은 이미 의지대로 할 수도 없는 상태였다.

텅!

소모품 둘의 공격이 공투의 몸에 닿으며 낸 소리였다.

공투는 자신의 몸에 닿은 무기들이 튕겨 나가는 것을 보며 어리둥절해했으나 이내 신형을 접어 땅에 착지함과 동시에 공격을 시작했다.

'절파인!'

일단 몸을 보호하는 것이 우선이었다.

묵지혈환과 암흑대멸겁이라면 달려드는 소모품들을 떼어낼 수 있을 거라 여겼다.

검은 연기가 공투의 양손에 모였다가 밖으로 퍼졌다.

콰콰쾅!

주루 안의 탁자와 의자는 물론 창문까지 모두 터져 나갔다.

한 번의 충돌이 끝나고 공투는 가쁘게 호흡을 내쉬며 주루 벽 앞에 섰다. 입구 쪽에 서서 여유롭게 바라보고 있는 용악이 눈에 들어왔다.

그 모습은 공투가 보기에 자신을 사지에 던져 놓고 즐기는 것으로밖엔 보이지 않았다.

"그렇군."

용악이 고개를 끄덕였다.

"구, 구경만 할 거요?"

"아니."

용악은 말이 끝남과 동시에 자리에서 사라졌다.

쉭.

공투가 엉뚱한 곳을 바라보고 있자 소모품 중 한 명이 공격해 왔다. 공투는 화들짝 놀라 몸을 피하려 했으나 공격하던 소모품의 신형이 허공에서 딱 멈췄다.

"……?"

"물러서."

용악의 짤막한 목소리와 함께 허공에 멈춰 있던 소모품 중 한 명이 날아가 벽에 부딪쳤다.

부지불식간에 일어난 일에 공투가 눈을 휘둥그레 뜨고 있을 때였다.

"다시 한다."

용악이 공투를 한 손으로 당기는 시늉을 했다.

"…어?"

공투는 용악의 손짓을 봤을 뿐인데 주루 안에 있던 자들의 위치가 완전히 달라졌다. 벽 쪽에 몰려 있어야 했던 공투가 순식간에 입구 쪽으로 이동한 까닭이다.

"이게 무슨……."

공투가 황당한 상황에 놀라 용악을 쳐다봤다.

"아까는 네가 익힌 무공이 어떤 건지 몰라서 그냥 던졌지만 이젠 알았으니 내가 전해주는 순서대로 싸워봐."

"…그 말은 또 던지……!"

확인하지 않는 것이 좋았다.

공투는 필사적으로 거부의 뜻을 표현하려 했으나 용악은 말을 끝까지 들어주지 않았다.

"아까 사용했던 무공을 그대로 펼쳐라. 어차피 혈교의 무공은 천마로부터 나온 것. 그 흐름을 느낀다면 충분히 상대할 수 있다."

"……!"

공투는 날아가면서 용악의 목소리를 똑똑히 들을 수 있었다. 혈교, 천마, 흐름. 용악은 세 가지에 관한 말을 아무렇지도 않게 했다.

소모품들은 용악에게 무언가를 느꼈는지 오직 공투에게만 신경 쓰고 있었다.

공투는 어쩔 수 없이 용악의 말을 따라야 했다. 안 그러면 죽을 판이니 다른 길이 없는 것이다.

재빨리 절파인으로 몸을 보호하고 묵지혈환과 암흑대멸겁을 펼치기 위해 양손에 힘을 집중시켰다.

그때, 공투가 전혀 의도하지 않은 일이 일어났다.

몸을 보호하기 위해 일으켰던 절파인이 사라지며 절파인에 쏟았던 진기가 양손으로 집중됐다.

쾅!

소모품 셋을 향해 암흑대멸겁을 펼쳤다.

거친 폭음과 함께 소모품 셋이 물러섰다.

공투는 자신의 손을 보며 믿을 수 없다는 눈이 됐다.

조금 전과는 비교도 할 수 없는 위력이었다. 두 번 모두 공투가 펼쳤으나 전과 후의 위력은 비교도 할 수 없었다.

"저들이 익힌 무공은 정구도, 한음투골조, 운외반간이란 무공이다. 다른 무공도 더 있지만 어차피 흉내 내기에 불과한 정도니 충분히 상대할 수 있다. 진기를 분산시키지 말고 양손에 집중시켜 정면승부해라."

용악의 목소리는 담담했으나 공투의 귀에는 천둥보다 더 크고 또렷하게 들렸다.

공투는 용악이 어떻게 저런 무공들을 알고 있는지 궁금하지 않았다. 오히려 명확한 지시로 머릿속이 맑아졌다.

생사의 기로에 선 공투에게 용악은 무엇을 모르는지 정확히 지적을 해주었다. 모르면 몰라도 알게 된 이상 공투 역시 바보 역할은 사양이었다.

"타핫!"

힘찬 기합과 동시에 공투의 신형이 흔들렸다.

파천마궁의 팔대마공 중 가장 자신하는 묵지혈환을 양손에 집중시키며 다가오는 소모품들을 노려봤다.

'묵지혈환은 멀리 있는 적을 상대하는 무공이 아니다. 많은 수의 적을 상대하기에 적합한 무공이다.'

공투의 눈이 빛을 뿌렸다.

아까보다 많은 수의 소모품들이 덮쳐들었다.

어찌할 바를 모르던 조금 전과 달리 공투는 차분하게 손을 뻗었고 열 손가락을 차례로 튕겼다. 소모품들이 공격하는 위치로 몸을 움직이며 정확히 부딪친 것이다.

펑!

가죽 공 터지는 음향과 함께 소모품 한 명의 양쪽 어깨가 밀리는가 싶더니 그대로 나가떨어졌다.

'사실이구나.'

공투는 묵지혈환과 부딪친 소모품이 날아가는 것을 보고 용악의 말이 사실임을 알았다. 손으로 묵직함이 전해지기는 했어도 충분히 감당할 정도는 됐다.

자신감에 더해져서 이기는 방법까지 알게 된 이상, 공투에게 두려울 것은 없었다. 하나 공투가 상대할 수 있는 숫자는 정해져 있었다.

공투의 선전에 소모품들은 서로 신호를 보내더니 무려 십여 명이 동시에 공투를 향해 공격을 퍼부었다.

'역시 직(直)의 원리군.'

용악은 공투를 공격하는 소모품들을 지켜보다 깨달을 수 있었다. 용악이 직접 싸울 때는 이런저런 생각을 할 필요가 없어서 지나쳤으나 지금은 확연히 눈에 보였다.

십천좌의 무공을 배우면 쉽게 강해질 수 있다던 말이 어떤 의미인지 알 수 있었다.

직의 원리였다.

소모품들은 변화를 무시하고 직선적인 공격이 주를 이뤘다. 그렇기에 같은 역량을 가진 사람들보다 강해 보였던 것이다.

공투가 익히고 있는 파천마궁의 팔대마공은 혈교의 호신무공답게 빠르게 펼치고 거둘 수 있는 수법들로 구성되어 있었다.

쿵!

묵직한 진동이 주루 전체를 뒤흔들었다.

싸움이 한창이던 공투와 소모품들이 동작을 멈추었다. 물론 자의에 의한 것은 아니었다.

용악이 땅에서 발을 뗐다.

무형의 기운이 일어나며 용악을 주시하던 소모품 몇 명을 밀쳐 버렸다. 자신도 모르게 물러선 소모품들은 당황한 표정으로 용악을 쳐다봤다.

무형의 예기가 임의의 형태로 그들을 밀어냈다.

굳이 흙이나 사물을 이용하지 않아도 용악의 의지에 따라 무형의 벽이 일어난 것이다.

퍽! 퍽!

변화란 유(柔)와 통하며, 부드러움은 곧 곡(曲)이 된다. 이는 바람에 버티는 나무와 바람에 흔들리는 나무의 차이이다.

소모품들의 무공에는 변화가 없기에 유하지 못하며 굽혀질 줄 몰랐다. 하나 용악의 힘은 그들이 견딜 수 있는 정도를 벗어나 있었다.

날아간 소모품들은 피를 토하며 튕겨 나갔다.

"아……."

공투는 용악이 움직인 순간 돕기 위해 끌어올렸던 진기를 거둬야 했다.

용악은 단 세 걸음을 걸었을 뿐이다.

그 세 걸음만으로 주루 안의 모든 소모품들을 날려 버리거나 즉사하게 만들었다.

이런 모습을 어떻게 설명해야 한단 말인가?

공투는 벌어진 입을 다물지 못했다.

악승의 무공에 놀랐을 때와는 비교 자체가 되지 않았다. 그때는 겨우 일곱이었으나 지금은 무려 삼십 명에 가까웠다.

"더 있었나?"

"……?"

공투는 용악의 말에 어리둥절한 표정으로 주위를 돌아봤다. 일층은 물론 이층에서도 기척은 들려오지 않았다. 무슨 말이냐고 묻기 위해 용악을 쳐다보는 순간 볼 수 있었다.

주루 입구로 한 사내가 들어섰다.

사내는 널브러진 주루 안을 보면서도 그리 놀라지 않았다.

"악승이 아니었나?"

사내의 입에서 거칠고 탁한 목소리가 흘러나왔다.

악승을 알고 있는 듯한 말투.

죽음의 냄새를 물씬 풍기며 등장한 사내의 회색빛 동공이 용악을 향했다.

"오늘은 악승이 인기가 많군. 석령이란 동료에 이어… 너도 동료인가?"

용악 특유의 담담한 목소리와 여유있는 말투였다.

"너? 나, 사령에게 그따위로 말을 하는 애송이가 있을 줄은 몰랐구나."

사령은 용악의 하대에 회색빛 동공을 더욱 짙게 물들였다. 하나 사령이 화가 나는 것은 용악의 하대가 아니었다.

동료.

석령을 동료라고 한 데에 충격을 받은 것이다.

"…동료? 큭. 악승은 우릴 그렇게 불러선 안 되지."

"그럼 뭐라고 부르면 좋은데?"

"적."

사령은 말을 짧게 내뱉은 후 바로 거치적거리는 소모품 한 명을 발로 '툭' 건드렸다. 그러자 소모품이 주루 벽에 가 부딪쳐 피를 뿌렸다.

"소모품 몇 명 죽였다고 으스대는 거냐?"

"소모품? 이것들을 그렇게 부르나?"

"네놈이 죽으면 악승이 어떤 반응을 보일까?"

사령의 머릿속에는 용악의 시체를 보는 악승의 모습이 떠올랐다. 그 모습을 보고 싶었다.

"그런 생각은 해본 적 없는데?"

"직접 보면 알겠지."

"너는 어때?"

"……."

"악승이 석령을 죽이고 싶어하지 않는 것 같아서 고민이 되거든. 죽여야 할지, 말아야 할지."

용악은 사령을 보며 담담하게 웃었다.

사령의 회색빛 눈동자가 더욱 흐려졌다.

'저 터무니없는 자신감은 어디서 나오는 거지?'

용악과 사령의 대화를 지켜보다 또다시 주루 안이 마기와 살기로 가득해지자 공투는 주춤 자리에서 뒤로 물러섰다.

용악의 무위를 직접 봤으면서도 공투에겐 사령이 더욱 공포스럽게 느껴졌다. 눈으로 본 것을 잊게 만들 정도로 사령의 마기와 살기가 짙은 까닭이었다.

"결정했다, 악승이 올 때까지 살려두기로."

"흐흐흐."

사령은 용악의 말에 어이없다는 웃음을 흘리며 손을 등 뒤로 가져갔다.

검은 낫이 흰 이빨을 번뜩이며 모습을 드러냈다.

'저것이 십대마인 중 사령의 애병 묵겸.'

공투는 주루 안이 좁은데 왜 군이 애병을 꺼냈는지 의아했으나, 사령의 손짓 한 번에 모든 것을 이해할 수 있었다.

슈악!

공투는 사령이 움직인 것을 보지 못했음에도 소리를 들었다. 그것은 이미 사령이 손을 썼다는 것을 의미했다.

그렇다면 용악이 어떤 반응이라도 보여야 하건만, 용악은 제자리에 선 채 사령을 쳐다보고만 있었다.

'자, 잘린 건가?'

공투로선 충분히 할 수 있는 생각이었다.

"기습은 훌륭했다."

용악이 말문을 열었다.

공투는 용악이 어떻게 피했는지 보지 못했으나 죽지 않았다는 사실에 감사했다. 저 검은 낫에 몸이 잘리고 싶지 않았기 때문이다.

"이형환위인가?"

사령이 이채를 발하며 물었다. 그렇지 않고서는 묵겸의 날을 피할 수 있는 수법은 없었다.

"싸우면서 일일이 따지면 죽기 십상이야."

"흐흐흐. 좋은 말이다. 이번엔 피할 곳 자체를 없애주지."

말을 마친 사령의 신형이 꺼지듯 자리에서 사라지며 엄청난 살기가 주루 안을 휘감았다.

"나가 있어."

용악이 공투를 쳐다보지도 않은 채 손을 들었다. 그러자 공투의 신형이 무언가에 의해 창밖으로 튕기듯 날아갔다.

'저건……!'

창문 밖으로 날아가던 공투의 눈에 거대한 낫을 회전시키는 사령이 보였다. 번쩍거리는 하얀색 날이 마치 사신의 이빨처럼 공투의 눈에 박혀들었다.

공투는 신형을 뒤집으며 땅에 착지하자마자 주루로 달려가려 했다. 하나 무시무시한 진동음과 함께 곧이라도 터져 나갈 것처럼 흔들리는 주루를 보고는 제자리에 굳고 말았다.

쿠콰앙!

엄청난 굉음이 터졌다.

공투는 곧 사방을 가득 메울 먼지를 생각하며 주춤 뒤로 몇 걸음 물러섰다.

그러나 공투의 예상과 달리 주루는 터져 나가지도 않았고, 먼지도 사방으로 뿌리지 않았다. 결과는 의외로 잠잠했다. 이상하게 여긴 공투가 천천히 주루 쪽으로 발을 옮겼다.

'벌써 끝났다고? 설마……'

주루 안에서는 여전히 아무런 소리도 들리지 않았다.

공투가 다시 한 걸음 움직일 때였다.

"그만 와, 먼지 뒤집어쓰고 싶지 않으면."

"헉!"

공투는 자신의 눈을 비벼댔다.

용악이 주루 밖으로 나오며 한 손에 사령의 목을 쥐고 있었다.

용악은 공투에게 다가온 뒤 뒤를 돌아봤다.

그제야 멀쩡하던 주루 벽에 금이 갔다. 멀리서도 선명하게 볼 수 있을 정도로 두껍고 긴 선들이었다. 선들은 하나둘씩 빠르게 늘어나더니 급기야 주루가 비명을 지르게 만들었다.

이층이 먼저 무너져 내렸고 그 잔재가 일층 전체를 덮어버렸다.

'혈교의 십대마인 중 한 명이었던 자를 겨우 몇 초 만에 제압한 건가?'

사령이 천장에서 묵겸을 휘두르던 광경은 공투에게 평생 잊지 못할 살기였다. 그런 사령의 공격을 용악은 몇 초 만에 제압한 것이다.

공투는 사령의 목을 쥐고 있는 용악을 차마 똑바로 쳐다보지도 못했다. 대신 슬며시 눈을 내려 사령의 눈을 쳐다봤다.

축 늘어진 사령의 눈에는 초점이 없었다.

어떤 경험을 해야 저런 눈이 될 수 있는지 공투는 알지 못했다. 하지만 공투의 머리가 아닌 가슴은 사령의 상태를 알 것도 같았다.

사령의 목을 쥔 용악은 담담한 저 표정.

공투에겐 넘볼 수도 없는 곳에 있는 사람 같았다.

그것은 나이와 무관했고 노력과 무관했고 의지와는 상관없을 것 같았다.

공투는 용악과 나란히 서 있는 것도 힘들었다. 슬그머니 뒤로 반 걸음 물러서서 용악의 시선이 향하는 곳을 쳐다봤다.

악승이 돌아온 것은 그로부터 반 시진가량 지났을 때였다.

"흭! 주군, 이게 무슨……!"

악승은 용악 앞으로 내려서자마자 사령과 주루를 번갈아 바라보며 어쩔 줄을 몰라 했다.

"이자 알아?"

"…사령……?"

악승은 사령을 유심히 쳐다보다 그제야 알아보고 깜짝 놀라 얼굴을 들어 올렸다.

"이자가 어째서 주군의 손에 있는 겁니까?"

악승의 탱탱한 볼살이 출렁거리며 가만히 있질 못했다. 석령은 혼자 온 것이 아니었고 사령이 뒤늦게 도착해 용악을 건드린 모양이다. 알면서도 악승은 모른 척할 수밖에 없었다.

'사령… 왜 석령과 뜻을 같이해서…….'

악승은 석령과 싸우며 많은 이야기를 나누었다.

석령의 얘기는 전대 혈교주가 자신을 버렸다는 것이었고, 악승의 대답은 좀 더 알아보지 않은 석령이 잘못했다는 것이었다.

결국 악승의 대답을 부정한 석령의 죽음으로 몇십 년 만의 만남은 끝이 났다. 한데 한 명이 더 살아 있었다.

악승은 감정을 드러낼 수 없었다.

석령과 싸우는 동안 자리를 비운 것도 용악에게 큰 죄를 지은 것이나 다름없기 때문이다.

"이자는 악승이 알아서 해."

"예?"

"동료라며."

용악은 사령을 악승에게 건네주고는 오 장 정도 떨어진 곳에 있는 바위에 등을 대고 누웠다.

'어쩐다…….'

공투는 엄숙해진 분위기에 눈치를 보다 용악과 반대쪽으로 가서 돌아섰다.

악승은 사령을 받아 들고서 편안한 자세로 땅에 눕혀주었다. 그때까지도 사령의 눈동자엔 초점이 없었다.

"사령, 자네를 보낸 자는 누군가?"

어색하기 그지없는 질문이었지만 악승 입장에선 하지 않을 수도 없었다. 석령을 조종한 누군가가 있다는 것을 안 이상, 사령 역시 같은 입장일 것이다.

사령은 멍한 눈으로 아무 말도 하지 않았다.

악승이 고개를 절레절레 흔들고는 사령의 귀에 입을 댔다.

"이미 알잖은가, 사령. 자네가 힘을 되찾아도 주군이 계신이상 무의미해. 자네를 이곳으로 보낸 자에 대해 말해주게."

"…내주는… 건가……."

허망한 표정으로 일관하던 사령이 입을 벌렸다.

"사령, 자네는 이미 두 분께 죄를 지었네. 한 분은 전대 주군이시고, 한 분은 저기 계시지. 자네는 죽네. 자네 뒤에 있는 자도 그렇게 될 걸세."

"……"

사령의 허망한 눈동자가 살짝 떨렸다.

"겁을 먹은 건가? 천하의 사령이?"

악승은 실망한 목소리로 사령의 얼굴에 손을 댔다.

한때, 생사를 함께했던 동료였으나 석령과 사령은 적으로 나타났다.

푸학!

사령의 머리가 덜컥댔다.

후두부 쪽에서 시작된 핏물이 이내 자리를 적셨다.

악승은 차마 사령의 얼굴에서 손을 떼지 못하고 얼굴을 가린 채 일어나 곧장 용악에게 다가갔다.

"주군, 다시는 자리를 비우는 일이 없도록 하겠습니다. 어떤 처분이라도……"

"악승."

"…예?"

"천산에선 그런 말 한 적 없잖아. 익숙한 게 좋아. 딴사람처럼 굴지 말라고. 가자."

용악은 악승을 못마땅한 눈으로 쳐다보고는 바위에서 내려왔다. 그 모습은 천산에서 지낼 때와 조금도 변함이 없었다.

'천산? 주군께선 천마가 되셨으면서도 여전히 천산마제로 남으시겠다는 건가?'

악승은 용악의 반응에 할 말을 잃었으나, 이내 그것이야말로 용악다운 대답이라 생각했다. 그러자 악승의 입에서 자신도 모르게 웃음이 튀어나오고 말았다.

"픕. 주군, 안내하겠습니다."

'뭐지?'

모두 지켜본 공투는 감히 용악을 쳐다보진 못하고 악승을 보며 의아한 표정을 지었다.

조금 전까지만 해도 자리를 비켜주던 용악이나, 동료를 직접 처리하던 악승이나 무척 심각했다. 한데 지금은 두 사람의 얼굴에서 그런 표정을 찾아볼 수 없었다.

"애송아, 뭐 하냐? 주군께서 가자고 하시잖느냐."

"……."

"애송아?"

"예? 아, 예! 이, 이쪽입니다."

공투는 화들짝 놀라 양손으로 공손하게 방향을 가리켰다. 그 모습에 악승은 의외라는 표정을 지었다.

'왜 저리 얌전해진 거지?'

악승은 주위로 시선을 돌리다 주루가 무너진 것을 보며 고개를 끄덕였다.

용악과 사령의 대결이었다면 저 정도는 당연했다.

공투가 급히 꼬리를 내린 이유를 알 것 같은 것이다.

第六章
염제

천산마제

강서성 신강 줄기를 따라 불빛이 일어났다.

하나둘씩 켜지던 불빛은 이내 환상을 만들어냈고, 그것은 사람들의 발길을 붙잡아놓기에 충분했다.

흐트러지고 자유로운 광경들.

허리를 똑바로 세워 걷던 노인이 잠시 주위를 돌아보며 고개를 흔들었다. 그로서는 이해할 수 없는 낯선 모습들인 까닭이다.

'저런 자들을 위해 팔십 년 동안 도를 익힌 것은 아닐진대… 천좌가 천산을 넘어오길 기다리는 것도 이젠 지루해지는구나.'

사문의 유지와 한 개인의 인생 목표는 완전히 다른 것이지만, 도왕에겐 그 모두가 한 가지였다.

무공을 익힌 것도, 묵도를 세운 것도, 제자를 둘이나 받은 것도. 모두 도왕 자신을 위해서일 뿐, 사문과는 상관없었다.

도왕은 묵도에서 나온 이후 줄곧 혼자서 움직였다. 번잡스러운 것을 싫어해 일부러 사람들의 눈을 피해 다닌 것은 아니었다.

단지 아무도 도왕을 못 알아본 것이다.

도왕 스스로 생각할 때는 있을 수 없는 일이다. 어떻게 삼왕 중 한 사람인 그를 못 알아볼 수 있단 말인가? 정보력의 부재라고 여기는 것도 하루 이틀이지 무려 오 일이란 시간이 흘렀다.

오 일이란 시간은 사람들이 자신을 알아볼 때까지 기다리겠다는 생각을 무너뜨리는 데 충분했다. 도왕은 지금 강서성에 와 있었다.

이유는 오직 한 가지.

신강이 흐르는 곳에 일이 생기면 언제든 나타나는 한 사람을 찾기 위해서였다. 그러면 도왕을 알아볼 수 있고 사람들에게 소문을 내줄 수 있기 때문이다.

주루에는 사람들이 삼삼오오 모여서 여러 가지 얘기를 나누고 있었다. 굳이 귀를 기울이지 않아도 도왕의 귀에는 그 모든 얘기들이 들려왔다.

최근 들어 강호는 술렁이고 있었는데, 조빈이란 자가 죽었기 때문이다. 도왕에겐 낯선 이름이었으나 주루 안의 사람들은 모두 알고 있었다.

조빈이 황보세가란 곳을 공격했다가 장제에 막혀 태산에서 숨을 거뒀다고 했으며, 그 소문의 출처는 황보세가에 있던 여의단에서 나왔다는 의견들이 대부분이었다.

여의단이라면 도왕도 믿을 수 있었다.

이어진 얘기는 조빈이 궁주로 있던 사파삼대세력 중 한 곳인 파천마궁에 대해서였는데, 그곳을 십인회란 곳에서 빈집털이를 해버린 모양이다.

그리고 또 다른 얘기.

파천마궁이 무너지자 사파삼대세력 중 사림이란 곳이 등장했다는 것이다.

여기까지 생각하고 있을 때, 도왕의 상념을 깨뜨리며 주루 안이 요란해졌다.

누군가가 격앙된 목소리로 탁자를 때리며 일어났다.

"말이 돼! 장제가 오악무제 중 제일이라고? 염제께서 들으셨으면 콧방귀를 꼈을 거야! 사파를 몰아내는 데 염제만큼 공을 세운 사람이 누가 있어, 앙!"

일어난 자는 덥수룩한 장비 수염을 기르고 있는 자였는데 만취했는지 혀 꼬부라진 말투였다.

"파천마궁 따위! 염제께선 한 손으로 무너뜨리고도 남는다고! 우리 때문에 신강을 떠나지 못하시는 분께… 크흑… 죄송합니다, 염제시여!"

사내는 갑자기 염제를 찾으며 울부짖었다.

오악무제끼리는 실력의 고하를 가릴 수 없다고 알려졌으나 암묵적으로는 사내의 말처럼 염제를 최고로 치고 있었다.

모두 혈교가 와해된 이후에 있었던 일화를 떠올리며 하는 말이었다. 십대마인 중 둘이 염제의 염화창에 의해 죽임을 당했다는.

'염제, 호방한 성격답게 인심을 얻고 있군.'

도왕은 불같은 성격에 앞뒤 안 가리고 밀어붙이는 한 사람을 떠올렸다. 염제라 불리기에 조금도 모자람이 없는 사람을.

염제는 십대마인 중 둘과 싸우면서도 호탕함을 잃지 않았다. 광동성에 있어야 할 염제가 어째서 사천성까지 왔는지는 몰라도 제자의 보고를 받고 도와준 적이 있었다.

"우린 염제께 감사해야 해!"

"그만 좀 해, 우칠! 그걸 자네만 알아? 우리도 다 안다고!"

"그걸 아는 사람들이 그래! 갑시다. 가서 염제를 뵙고 소문이라도 들려 드리자고! 염제께서 이 좁은 땅을 벗어나서 사림이든 뭐든 쓸어버리게 해드리자고!"

사내는 취한 상태에서 주루 안의 사람들을 선동했다.

묘한 것은 사람들의 반응이었다.

사내를 취한 사람의 말이라고 무시해야 하는 것이 옳거늘 다들 자리를 박차고 일어나 계산하고는 어디론가 몰려가는 것이 아닌가?

도왕은 흥미를 느껴 사람들이 몰려가는 방향을 눈으로 가늠한 후 훌쩍 신형을 날렸다.

'음? 저자들은……'

신강을 따라 빠르게 움직이던 도왕의 눈에, 한 사람을 향해 네 곳에서 각기 다른 기세를 풍기며 다가가는 무리들이 보였다.

도왕은 급히 신형을 떨어뜨리며 그들이 한눈에 보일 만한 곳에 내려섰다. 물론 그들이 도왕에 대해 전혀 눈치채지 못한 것은 당연했다.

잠시 후, 말 한 필이 강가에 모습을 드러냈다.

회색빛 마의에 피풍의를 걸치고 죽립을 쓴 사내였다.

강가에는 한 노인이 낚싯대를 드리운 채 요동도 하지 않고 서 있었다.

도왕은 한눈에 낚싯대를 드리운 노인이 염제라는 것을 알 수 있었다. 뒷모습이 저토록 강직하게 보이는 사람은 흔치 않은 까닭이다.

죽립을 쓴 사내는 염제에게 다가갈수록 싸늘한 기운을 풍겼다. 도왕과의 거리가 상당한데도 죽립인의 기운이 느껴질 정도였다.

지나치던 죽립인이 슬쩍 말 아래로 시선을 내렸다. 마침 염제 역시 죽립인을 향해 고개를 돌렸기에 두 시선은 맹렬히 부딪쳤다.

일촉즉발의 순간,

죽립인은 예상과 달리 염제를 그냥 지나쳤다.

이내 염제의 시선도 거두어졌다. 아니, 등 뒤를 찌르는 예리한 살기에 고개를 돌렸다.

죽립인이 나타난 방향과 반대쪽으로 삼십여 장 떨어진 곳에서 한 노인이 염제를 쳐다보고 있었다.

'아직도 두 명이 더 있는데 과연 염제가 알아차릴 수 있을까? 오랜만에 염제의 염화창을 볼 수 있겠군.'

도왕은 무척 즐거웠다.

염제도 염제지만 속속 모습을 드러내는 자들의 무공이 범상치 않았기 때문이다.

죽립인이 왔던 길로 일남일녀가 모습을 드러냈다.

세모꼴 눈에 각진 턱, 우뚝 선 콧날이 한눈에 들어오는 사내와 눈망울이 보석처럼 빛을 내는 여인이었다.

여인은 방실거리며 웃고 있었다.

요기가 느껴지는 웃음이었으나 염제는 흔들림이 없어 보였다.

"진진을 그렇게 보면 싫어요."

여인은 염제가 부리부리한 눈으로 노려보자 소매로 입가를 가리며 애교를 부렸다.

"너희들이 누군지 모르지만 나, 염제에게 살기를 드러낸 것은 죽어 마땅한 죄다. 누구부터 죗값을 치르겠느냐."

염제는 여인의 애교를 굵직한 목소리로 눌러 버리고는 부리부리한 눈으로 죽립인부터 삼십여 장 떨어진 곳에 있는 노인까지 한번에 쫙 훑었다.

"어머, 진진은 이름을 말했는데… 대협, 이름부터 알려주시면 안 돼요?"

"내가 염제라는 건 이미 알 터. 허튼수작은 통하지 않는다."

"별호 말고… 이름이요."

"염제다."

염제는 반복되는 진진의 교태에도 전혀 흔들리지 않았다. 또 다른 말을 하려던 진진은 그제야 교태 부리던 목소리와 손짓을 거두었다. 진진의 보석처럼 빛나던 눈이 원래 상태로 되돌아왔다.

"너희들은 요즘 강호를 떠들썩하게 만들었다는 십인회의 주구들인가?"

염제는 진진부터 네 명을 모두 훑어보며 물었다.

죽립인이 죽립을 벗어 얼음덩이처럼 차가운 얼굴을 드러냈다. 사십대 초반쯤으로 보였다. 염제는 그가 넷 중 가장 고수임을 알았다.

염제의 시선이 다시 진진에게로 향할 때였다.

"어머! 저는 아니에요. 십인회가 뭐 하는 곳이죠? 호호홍."

"십인회가 아니다?"

"아니에요."

"그럼 너희들은 누구냐? 왜 나를 찾아왔느냐?"

"음. 우리의 정체는 비밀로 해둘래요. 그분들께서 원치 않으시거든요. 그리고 왜 당신을 찾아왔느냐. 당연히 당신을 죽이려고 찾아왔지요. 저기요, 얼마나 버틸 것 같아요? 선택해요. 일대일? 아니면 우리 전부? 에이, 뭐예요. 난 당신 질문에다 대답해 줬는데 당신은 대답도 안 해주고."

여인은 삐친 표정을 지었으나 염제를 바라보는 눈에는 웃음이 그대로 남아 있었다. 어떤 결정이든 자신이 있다는 태도였다.

"나는 염제다."

염제는 여인을 부리부리한 눈으로 바라봤다.

"알아요."

"그 어떤 도전이라도, 내게 덤비는 자들은 전부 태워 버린다."

화르르!

염제의 양손에 불꽃이 일어났다.

"어머! 무셔라."

여인이 전혀 겁먹지 않은 표정으로 입을 가리며 웃었다. 그런 여인의 뒤쪽, 염제의 불꽃을 바라보던 청년의 눈이 번쩍였다.

'저것이 염화구나.'

청년이 익힌 무공은 공기조차도 암기로 사용할 수 있는 암좌의 귀영린(鬼影燐)이었다. 염제의 염화를 보고 관심을 보일 수밖에 없었다.

"오너라."

염제는 일으킨 화염을 양손에 하나씩 쥔 채 서서히 다가오는 세 남녀를 노려봤다.

스스스—

청년이 손을 펴자 손바닥 위로 은가루 같은 백광 가루가 쌓였다. 그것에 맞게 되면 맞은 부위는 하얗게 타오르게 된다.

청년은 입가에 떠오른 미소를 참지 못했다. 세 남녀가 염제와 싸울 때 기회를 봐서 슬쩍 손바닥에 모은 불꽃을 던지기만 하면 끝이기 때문이다.

청년이 손가락을 건드리고 있을 때, 그의 뒤로 그림자가 잠시 어른거렸다. 염제와 세 남녀의 싸움에 집중하고 있던 청년은 그런 기척을 전혀 느끼지 못했다.

"어린 녀석이 안 좋은 것을 배웠구나. 지닌 재주가 비상하여 모른 척할 수가 없다."

"……!"

청년의 머리칼을 곤두서게 만든 음성.

청년은 감히 고개를 돌릴 엄두도 내지 못했다. 하나 손에는 백광 가루가 있었다. 그것만 뿌리면 상황은 순식간에 역전될 수 있었다. 물론 뒤에 있는 사람이 그런 것을 허용해 준다면.

툭.

청년은 '어' 소리도 못하고 앞으로 쓰러졌다.

쓰러지는 청년의 뒤로 도왕의 모습이 드러났다.

다른 자들은 염제와의 싸움을 앞두고 있기에 청년이 쓰러지는 것을 보지 못했다. 그만큼 도왕의 행동은 은밀했다. 아니, 도왕이기에 가능한 일이었다.

도왕은 그 자세 그대로 아직 시작되지 않은 싸움을 지켜봤다.

죽립인은 검을, 삼십여 장 밖의 노인은 양손을, 여인은 밟는 곳을 모두 얼음으로 만들며 염제에게 다가가고 있었다.

'염제의 실력을 모르는 것이 아니지만 이들은……'

도왕은 쓰러진 청년을 내려다보며 생각에 잠겼다.

그때, 염제와 세 남녀의 싸움이 시작됐다.

죽립인은 그때까지 움직이지 않았다. 먼저 움직인 쪽은 여인과 노인이었다. 거리를 빠르게 좁혀온 여인과 노인이 그대로 염제의 염화를 향해 손을 뻗었다.

쾅!

염제는 어림없다는 듯이 콧방귀를 꾸며, 다가오는 여인과 노인을 향해 염화를 발출했고 곧바로 자세를 잡으며 이어질 공격에 대비했다.

양손이 묵직해지고 자세를 낮춰야 할 만큼 노인과 여인의 공격은 대담했다.

죽립은 아직도 움직이지 않았다.

'저놈이 가장 센 놈이군. 한 놈은……'

염제가 아직 가세하지 않은 청년을 향해 곁눈질을 했다. 당연히 준비하고 있어야 할 청년의 모습이 보이지 않았다.

안 좋은 징조였다.

눈에 보이지 않는다면 찾아야 한다는 뜻인데 지금은 그럴 시간적 여유가 없기 때문이다.

염제는 이를 악물고 곧 이어질 공격에 대비하며 다시 양손에 염화를 끌어올렸다.

염화창을 꺼내야 할지 아직 판단을 내리지 못하고 있는 상태였다. 염화창은 진기의 소모가 상당해서 확신이 없을 때 꺼내는 것은 그다지 좋은 선택이 아니란 것을 잘 아는 까닭이다.

여인과 노인은 염제의 염화를 받아내고도 멀쩡했다.

염제의 힘이 분산되긴 했지만 두 사람의 무공이 상당하지 않고는 있을 수 없는 일이었다.

"지금 둘로는 너무 힘들어요."

여인이 우는 목소리로 죽립인을 쳐다봤다.

돌아온 죽립인의 반응은 무표정이 전부였다.

'저들 사이에도 급이 나뉘어져 있다는 건가?'

염제는 죽립인을 눈여겨봤다.

조금 전에 부딪쳐 봤던 바로는 여인과 노인에 죽립인까지 더해지면 낭패를 면키 어려울 것이 분명했다.

'선공이다.'

체면은 지금 중요하지 않았다.

합공이나 일삼는 자들에게 체면 따위는 차릴 필요가 없었다.

화르르!

염제의 전신에서 불꽃이 일렁이더니 손을 양쪽으로 잡아 빼자 긴 창이 모습을 드러냈다. 염화의 기운으로 만들어진 무형의 창, 염화창인 것이다.

"지금이에요!"

여인이 소리치며 아직 염화창이 완전히 모습을 드러내기 전에 손을 쓰기 위해 얼음덩이를 암기처럼 뿌려대면서 양손을 정신없이 교차시켰다.

노인 역시 자리에 서서 하체를 고정시킨 뒤 거대한 주먹을 염제에게 쏟아냈다.

가장 늦게 움직인 사람은 죽립인이었다.

흔들거렸을 뿐인데 어느새 거리를 압축시켜 검으로 만든 빛을 세로로 그었다.

콰콰쾅!

염제는 얼음덩이와 유리붕권을 연속으로 막아내기 위해 염화창을 회전시켰다. 하나 아직 죽립인의 검을 막을 방법은 생각해 내지 못했다.

슈아악!

공간을 가르며 빛무리가 염제를 향했다.

손을 놓아야 하건만 얼음덩이와 주먹은 아직도 염제를 노리고 날아왔다.

'크윽!'

이대로라면 죽립인의 검강에 한쪽 팔을 내주던지, 아니면 얼음덩이와 주먹에 맞아죽던지 둘 중 하나를 선택해야 했다.

게다가 이들 셋을 막아낸다고 해도 사라진 청년의 공격은 어떻게 피한단 말인가?

염제의 눈에 당혹스러움이 떠올랐다.

그때였다.

팍!

염제를 노리고 내려오던 죽립인의 검강이 한순간에 사라졌다.

'강기를 강기로 잘라?'

염제는 염화창을 회전시키며 이동하는 와중에 죽립인의 검강을 자르는 또 다른 빛을 보았다.

너무도 선명해서 한 번 보면 잊을 수가 없는 빛이었다. 그것은 아주 오래전에 한 번, 그것도 잠깐 보았던 그 빛이기도 했다.

"이런 괴물들이 설치는 줄 알았다면 좀 더 일찍 나올 걸 그랬네, 염제, 잘 지냈는가?"

"서, 설마… 도……."

"인사는 일단 이놈들부터 처리하고 나누세."

도왕은 너그러운 웃음을 지어 보였다.

진즉에 나타났어도 됐지만 지금이야말로 최상의 순간인 것이다.

염제의 눈동자가 급격히 떨렸다.

도왕이 일부러 시간을 끈 것은 물론이고 극적인 상황 연출을 위해 약간의 장난을 친 것도 모르기에 보일 수 있는 행동이었다.

염제는 도왕의 묵도가 하늘로 솟구치는 것을 감격 어린 눈으로 바라보았다.

"이놈들!"

염제의 입에서 화통 같은 목소리가 터져 나왔다.

여인과 노인은 갑자기 나타난 도왕의 출현에, 아니, 그의 무공에 놀라 잠시 손을 멈춘 상태였다.

화르르!

두 사람의 몸을 염화창의 화염이 휩쓸고 지나갔다.

곧이어 간략한 음향이 뒤를 이었다.

툭.

죽립인의 죽립이 반으로 갈라지며 황당하다는 얼굴이 바닥으로 쓰러졌다.

"도왕, 아직 한 놈이……."

"허허허. 젊은 놈이 암습이나 노리고 있기에 다시는 일어나지 못하게 잠재웠네."

도왕이 청년을 직접 처리했다는 뜻이었다.

'진정한 천외천이시다.'

도왕의 손끝에서 일어났던 도강의 빛이 아직도 염제의 눈에 남아 있었다. 염제는 하늘 위에 하늘이 또 있음을 알게 해준 도왕이 고마울 뿐이었다.

*　　　　*　　　　*

하늘거리는 천을 어깨에만 걸친 채 허공을 유영하던 여인, 요요가 사뿐히 땅에 내려섰다. 노야의 모옥 뒤쪽에서 얼마 떨어지지 않은 곳이었다.

　요요의 눈앞에는 노야의 모옥의 열 배에 달하는 장원이 있었다.

　요요가 안으로 들어서자 비녀 둘이 따라붙었다.

　"연락은?"

　노야를 대하던 목소리와는 완전히 다른 목소리가 요요의 입에서 흘러나왔다. 싸늘하면서도 위엄이 담겨 있었다.

　"장제를 제외한 나머지 넷에게 천급 좌위 둘과 지급 좌위 둘을 보냈습니다."

　"그 정도면 오악무제들의 무공이 어느 정도인지 나오겠지. 물은?"

　"욕조에 데워놓았습니다."

　요요는 방으로 들어서자마자 걸치고 있던 천들을 바닥에 떨어뜨리고는 그대로 욕조에 몸을 담갔다.

　두 비녀가 요요의 양쪽 어깨를 주물렀다.

　"석령과 사령의 소식은?"

　요요가 목을 젖혀 욕조에 기댔다.

　편안한지 눈까지 감았다.

　"그들은 지급 좌위들을 만나기도 전에 죽었습니다. 지급 좌위들의 보고에 의하면 석령과 사령은 다른 곳에서 죽었다고 합니다."

　보고를 올리는 두 비녀의 얼굴에는 아무런 감정도 드러나지 않았다. 미모로는 요요와 비교해도 크게 뒤떨어지지 않았지만 그런 점이 요요를 더욱 부각시켜 주는 요소가 됐다.

"석령과 사령이 죽었다면 풍령도 무사하진 않겠지. 풍령
은?"

"현재 파천마궁으로 향하고 있습니다."

"파천마궁? 움직일 수 있다고?"

석령과 사령이 죽었는데 풍령이 아직도 멀쩡하게 움직일 수
있느냐는 질문이었다. 대답을 기다리며 요요의 눈이 스르르
열렸다.

사림으로 향할 것이라 여기고 일부러 지금 좌위들을 붙였
는데 파천마궁으로 향한다면 괜한 짓을 한 것이 되기 때문이
다.

"일행이 있었다고 합니다. 지금 좌위들이 쫓고 있으니 곧 알
수 있습니다."

"미꾸라지가 되려나……"

요요는 자신도 모르게 노야의 말투를 따라 하고는 그대로
머리끝까지 욕조에 담갔다. 물방울 몇 개가 올라오는 것이 보
이자 비녀들이 뒤로 물러섰다.

쩡!

욕조가 순식간에 얼어붙었다.

거처로 돌아오면 제일 먼저 거치는 일로, 노야와 며칠 동안
지내며 흘렸던 땀과 불순물들을 한순간에 얼려 버려 이전 상
태로 되돌리는 과정이었다.

얼었던 욕조가 반으로 갈라지며 그 안에서 요요가 개운한

표정으로 걸어나왔다.

"파천마궁으로 천급 좌위 둘을 보내. 풍령 정도로는 한계가 있으니까 더 이목을 끌도록. 십절이 죽어야 나설 수 있겠지만."

"조치를 취하겠습니다."

두 비녀는 고개를 조아리고는 뒷걸음질로 방을 나갔다. 청죽림에서의 요요와 판에 박은 것처럼 똑같은 자세였다.

실오라기 하나 걸치지 않은 요요는 침상으로 올라가 가부좌를 틀고 앉았다. 노야의 부름이 있을 때까지 침상에서 내려오는 일은 없을 것이다.

요요는 노야의 생각이 실제로 이루어지도록 지시를 내리는 역할을 맡고 있었다.

한음투골조, 단룡창, 소수무(素手舞)를 익혔기에 노야의 천급 좌위들 중에서 그녀를 상대할 수 있는 고수는 적혼 한 명뿐이었다.

그런데도 노야는 그녀가 더 강해지길 원했다.

노야가 강해지길 원한다면, 요요뿐만 아니라 청죽림의 모든 좌위들은 강해질 수밖에 없었다. 그것이 진리이기에.

*   *   *

피리를 한 번 불면 앞쪽에 적이 있다는 신호이고, 두 번 불면 아무도 없으니 안전하다는 신호였다.

삐— 삐이—

"돌아가요, 사형. 피곤해요."

미려의 목소리엔 귀찮음이 가득했다.

외혁우가 정찰을 소모품들에게만 맡겨놓을 수 없다며 악지군과 미려에게 직접 나가보라고 한 덕분에 생고생을 하게 됐기 때문이다.

"이제 북서쪽만 남았다."

"사형, 거긴 그냥 쟤네들만 보내요."

미려는 더 가자는 악지군의 말에 인상을 쓰며 소모품들을 가리켰다.

"사부님께서 시키신 일이야. 서둘러서 다녀오자."

"정말 더 갈 거예요?"

"그분의 눈에 들 기회를 버릴 순 없지."

"기회요? 그분은 이미 사형의 사부님이시잖아요?"

"사부님 말고. 새로 오신 분 있잖아? 흑의를 머리까지 푹 뒤집어쓴."

"아! 오자마자 사형 사부님까지 불러 모은……."

"그렇지. 난 여태껏 십절 중 최고는 사부님이라고 생각했거든? 한데 그분을 보고 생각이 달라졌다."

"어떻게요?"

"최고는 류절, 그분이야. 그분에게는 사부님에게 없는 뭔가가 더 있어."

악지군은 류절을 바라보던 외혁우의 눈을 기억하고 있었

다. 당황한 표정으로, 무언가 잘못된 것을 알아차린 눈이었다.

그 뒤로 외혁우는 류절의 말이라면 거부하지 못했다.

그것은 류절이 외혁우를 움직일 열쇠를 가지고 있다는 뜻이었다. 눈치 하나만큼은 누구에게도 지지 않을 자신이 있는 악지군의 본능이 그렇게 말하고 있었다.

류절의 눈에 들기 위해서는 튀어야 한다는 생각을 할 즈음에 외혁우가 알아서 기회를 준 것이다.

파천마궁이 십인회에게 흡수됐다는 소문은 이미 강호 전체에 퍼져 있을 터, 곧 정파의 무리들이 떼로 몰려들 것은 자명했다.

그것을 소모품들 따위에게 맡겨라?

말도 안 되는 소리였다.

몰려드는 적들의 숫자와 구성을 먼저 알게 되면 악지군은 돌아가서 할 말이 많아지게 된다. 그런 중요한 일을 왜 소모품들에게 맡겠는가?

"나만 믿고 따라와."

"…알았어요."

미려도 더 이상은 고집 부리지 않았다. 지금까지 악지군의 말을 들어 손해였던 적이 없기 때문이다. 더구나 악지군이 없는 곳에 그녀 혼자 있는 것도 재미없는 건 마찬가지였다.

악지군은 북서쪽으로 방향을 잡고 한 시진 가까이 이동했다. 이 정도 거리면 소수의 인원이 아닌 경우, 이틀은 꼬박 걸어야 십인회 총단을 볼 수 있었다.

주위를 둘러보던 악지군은 아무것도 발견할 수 없자 심드렁해진 표정으로 미려를 돌아봤다.

그 순간, 갈대밭 건너편에서 나뭇잎 스치는 소리가 들렸다.

'……!'

악지군은 재빨리 미려를 안고 무릎까지 자란 갈대밭으로 몸을 숨겼다.

"사형, 왜……."

"적이다."

"어디요?"

미려가 고개를 내밀어 갈대밭 건너편을 보려 하자 악지군은 미려의 머리를 누르며 고개를 가로저었다.

숲에서 사람들이 모습을 드러내는 데는 일각도 걸리지 않았다. 그들의 숫자는 어림잡아 오십 명 안팎으로 보였다.

"많아 봐야 육십. 정찰조인가?"

악지군은 미려에게만 들릴 정도로 조용히 혼잣말을 했다.

"뭘 생각해요, 사형?"

"저들을 전멸시키는 것과 돌려보내는 것 중 어느 것이 나을지 생각하고 있어."

"그냥 확인만 한다면서요?"

"확인만 한다니까."

말을 마친 악지군이 갑자기 자리에서 일어나 적을 향해 걸어나갔다.

"어이, 어딜 그리 떼로 가시나?"

악지군은 다가오는 자들을 향해 여유롭게 나섰다.

"누구냐?"

선두에 선 중년인이 악지군을 발견하고 공격대형을 갖추며 물었다.

"십인회의 영역에 들어와 놓고, 내가 누구냐고? 질문을 그런 식으로 엉성하게 하는 걸 보니… 여의단인가?"

"시, 십인회에 소속된 자냐?"

무리의 수장으로 보이는 자가 놀란 목소리로 악지군을 향해 물었다.

"후후후. 그렇지 않으면 왜 막았겠느냐?"

"나는 여의단 광동 지부 부지부장 궁도부(弓刀斧) 마백이다."

중년 사내는 중후한 목소리로 호기롭게 소리쳤다.

아무리 둘러봐도 악지군 혼자뿐이었기 때문이다.

"광동?"

이채를 발하는 악지군의 눈빛을 보고 용기를 얻었는지 마백은 곧바로 말을 받았다.

"광동뿐만이 아니다. 곧 주요 칠 개 지부에서 전부 이곳으로 모일 것이다. 여의총령께선 십인회를 인정하지 않으신다. 돌아가서 십인회의 수괴에게 전해라. 최대한 빨리 해산하고 다시는 강호에 모습을 드러내지 말라고!"

마백의 눈엔 정기가 가득했다.

백전노장의 혼까지는 아니어도 상당히 많은 싸움을 해온 무인으로서의 기백이 담겨 있었다.

"후후후. 이건 무슨 소꿉장난도 아니고. 겨우 그 정도로 십인회를 상대하겠다고?"

악지군의 몸에서 마기가 일어났다. 지원군이 오지 않는 이상 이 정도 인원은 악지군 혼자서도 감당할 수 있었다.

"적당해."

악지군은 여러모로 만족스러운 눈이 됐다.

마백은 악지군이 마치 육십 명 가까운 인원을 혼자서 상대라도 하겠다는 듯이 쳐다보자 인상을 썼다.

"적당? 뭐가 적당하단 말이냐?"

"너희들 정도면 돌아가서 보고할 거리 정도는 될 거란 뜻이다."

"지금 혼자서 우리와 싸우겠다는 뜻이냐?"

"싸움? 파하하! 여의단 지부장도 아닌 부지부장 따위와 내가? 말이 되는 소리를 해. 전부 죽일 생각이다."

"이놈!"

마백은 악지군의 도발에 거꾸로 메고 있던 궁을 앞으로 돌리며 화살 한 대를 활시위에 올려 당겼다.

팽팽하게 당겨진 화살 끝이 악지군을 향했다.

"십인회의 우두머리가 누구냐? 대답하지 않으면 쏜다."

"……"

핑—

마백은 주저없이 손을 놓았다.

화살은 주위 공기를 빨아들이며 악지군의 목으로 향했다. 지척의 거리에서 쏜 화살의 속도는 눈으로 좇기 힘들 정도로 빨랐다.

그러나 화살은 악지군의 목까지 도달하지 못했다.

악지군의 손에 잡혔기 때문이다.

"……!"

마백은 믿기지 않는다는 눈으로 쳐다봤다.

"이 정도로 놀랄 것 없어. 이제부터 일어날 일은 모두 네 책임이니까."

악지군은 마백을 향해 짙은 살소를 흘리다 잡고 있던 화살을 빙그르르 돌려 손가락 사이에 끼웠다. 그러고는 곧장 튕겨냈다.

핑—

삼부절의 경력이 실린 화살은 무서운 속도로 날아가 여의단원들이 포진되어 있는 곳 중앙에 꽂혔다.

꽝!

"큭!"

중앙에서 나직한 신음이 흘러나왔다.

마백이었다. 그는 휘청거리는 몸을 애써 바로 하며 궁을 쳐다봤다. 악지군에게 쏘았던 화살이 궁 위쪽에 박혀 있었다.

"이럴 수가……."

마백은 진탕된 몸속보다 악지군의 엄청난 내공에 놀람을 감추지 못했다. 애송이라 여겼던 악지군의 내공은 마백이 감당할 수준을 훨씬 넘어선 수준이었다.

"사형, 괜찮아요?"

그때 갈대밭에서 몸을 숨기고 있던 미려가 전혀 걱정하지 않는 모습으로 일어나 있었다.

"괜찮지. 미려, 혹시 내 손에 살아남는 자가 있으면 죽이지 마. 십인회 총단으로 가려면 나, 악지군을 거쳐야 한다는 걸 여의단 총단에 보고할 자니까."

악지군은 놀라서 어쩔 줄 몰라 하는 광동 지부 여의단원들을 향해 파안대소를 터뜨렸다.

"그럴게요. 호호호."

미려는 해사하게 웃었다.

"자, 이제 시작해 볼까?"

악지군이 막 공격을 시작하려 할 때였다.

"제 발로 나와주었구나, 악지군."

나직한 외침이 악지군의 손을 멈추게 했다.

"누구……."

악지군은 짜증스런 눈으로 고개를 돌리다 목소리의 주인을 보고 입을 닫았다.

"왜 그래요, 사형?"

미려는 악지군의 표정이 굳어지는 것을 보고 나타난 사내를 쳐다봤다. 사내는 산발에 수염을 한 번도 깎지 않은 지저분한 얼굴이었다.

"대… 사형?"

악지군의 입에서 반신반의하는 목소리가 나왔다.

"아직도 그렇게 부르느냐? 사부님께 배운 적도 없는 무공을 사용하면서?"

나타난 사내는 공투였다.

공투는 가리고 있던 머리칼을 쓸어 넘겼다.

"헉! 대, 대사형!"

미려는 그제야 공투를 알아보고 기겁하며 갈대밭으로 몸을 숨겼다. 예전과 몸집이 달랐고 기세도 달라져 있었으나 미려는 한눈에 알 수 있었다.

"후후후. 그럼 그렇게 부르지 않으면 되지. 미려, 공투는 아직도 자신이 조빈의 대제자인 줄 아는 모양인데?"

"악지군! 감히 사부님의 함자를 함부로 입에 올리다니!"

"사부님? 아, 조빈! 그가 네 사부지 내 사부였나?"

"이이……!"

공투는 분노로 얼굴을 푸들푸들 떨었다.

"파하하! 그렇게 조빈에 대한 충성이 넘치면서 파천마궁에 난리가 났는데 뒤도 안 돌아보고 도망쳤느냐?"

악지군은 공투의 살기등등한 모습을 보면서도 전혀 겁먹지 않았다. 며칠 전에 사부절에 오른 이상 겁날 것이 없었기 때문이다.

"그랬으니 너를 죽일 수 있는 기회가 오지 않았느냐?"

공투는 사방에 여의단 광동 지부 무인들이 있다는 사실도 잊었다. 지금 공투의 눈에는 오직 악지군만 보였다.

"그런 오만은 조빈이 있을 때나 부려. 미려, 나와서 공투가 어떻게 죽는지 보라고."

악지군이 갈대밭에 몸을 숨기고 있는 미려를 불렀으나 미려는 나오지 않았다.

"십절 중 한 명을 사부로 뒀다고? 그래서 그토록 자신만만한 거냐?"

"……!"

악지군은 허를 찔린 표정을 숨기지 않았다.

지하 석실에서 폐관수련에만 전념하던 공투가 어떻게 그 사실들을 알고 있는지 의아했기 때문이다.

"주군, 저 애송이가 가르쳐 준 대로 할 수 있을까요?"

악승이 공투를 지켜보다 한마디 건넸다. 주루에서 있었던 일을 용악에게 들은 후이기에 건넨 질문이었다.

"팔대마공이란 것도 혈교의 무공에서 파생된 것이더군. 주루에서 뭔가 안 것 같았는데… 그걸 자기 것으로 만들었다면 살 테고, 그렇지 못하면 죽겠지."

말은 냉정하게 하면서도 용악은 자리를 떠날 생각이 없는지 나무에 등을 기대기까지 했다.

"주군, 저 애송이를 거둘 생각이십니까?"

"하는 것 보고. 가능성이 보이면 데려가도 좋아."

"…예?"

"제자까지는 아니더라도 가르치는 보람은 있을 것 같은데?"

"풉. 천하의 천산마제께서도 강호로 나오시니 마음이 약해지셨군요. 예전 같았으면 있을 수도 없는 일이잖습니까?"

"천산에 있을 때도 그랬어. 기억 안 나? 악승과 설괴가 싸울 때 나는 다 보고 있었다고."

"에? 설괴라면… 그 거인을 말씀하시는 겁니까?"

"컸지. 악승이 죽으면 곤란하잖아. 그렇게 되면 그 뒤로는 내가 일일이 싸워야 하는데, 지친 놈 죽이는 편이 낫지."

"…제가 그럼 미끼였다는 말씀이십니까?"

"이길 것 같았어. 그러니까 보냈지."

"……."

악승은 당시의 기억만 떠올려도 치가 떨리는데, 용악은 아무렇지도 않게 말을 하고 있었다.

설괴는 천산에서 악승이 가장 힘겹게 죽였던 자였다.

외공을 극한까지 익혀 웬만한 무기로는 살갗을 베기도 힘들었고 풍령의 장력을 맨손으로 받아낼 정도로 괴력을 지닌 자이기도 했다.

'설마 내가 질 줄 알고… 에이, 아니겠지.'

악승은 자신의 생각을 부정하다 문득 용악이라면 정말로 그럴 수도 있을 것 같다는 생각이 들었다.

"풉. 주군, 저는 허언을 모르는 사람입니다."

"허언?"

"제가 언제 지키지 못할 말을 한 적이 있습니까? 그런 적 없잖습니까, 주군?"

"없지."

"한데……."

"그래서 설괴와 정면대결을 하는 악승을 그냥 놔둔 거야. 시야가 좁은 설괴를 상대로 그렇게 미련하게 싸울 줄은 몰랐거든."

"미, 미련이라니요, 주군? 제가 그때 정면대결을 한 건 모두 주군의 체면을 위해서……."

"정면대결해도 자신이 있었으니까 한 거잖아."

"그, 그렇습죠. 저, 악승은 자신이 있었습니다."

"그런 것 같았어. 어? 시작했다."

용악은 짧게 대답하고는 공투가 싸우는 아래쪽을 내려다봤다.

"…그렇군요. 믿어주셔서… 감사합니다……."

악승은 더 이상 관심을 두지 않는 용악을 두고 스스로 결론을 내려 버리고 말았다. 당시의 일에 대해 묻고 싶은 것이 산더미 같았지만 여기서 멈추는 것이 신상에 이롭다는 것을 잘 알기에 볼을 부풀리며 참았다.

설괴와 싸울 당시의 악승은 치열했다. 전신이 멀쩡했던 곳이 없을 정도로 두들겨 맞았고 때리기도 그만큼 때렸다.

그때의 기억이 나서였을까?

공투의 자신만만한 태도에 마음이 갔다.

"끼어들면 제대로 된 싸움이 안 되지. 지금 죽을 녀석이 아니니라."

악승은 아래쪽을 바라보다 손을 슬쩍 휘저어 바닥에 있던 돌멩이들이 빨아들이더니 아무렇게나 허공을 향해 뿌렸다.

용악은 악승의 행동을 모른 척했다.

갈대밭에 있는 자들이 나서는 것은 용악도 원치 않았다.

'둘 중 한 명은 죽는다.'

마백은 상황을 잘 파악해야 했다.

공투와 악지군이 싸우면 이득을 보는 쪽은 여의단이었다. 여의단 무인들에게 눈짓으로 두 사람을 에워싸라는 신호를 보냈다.

여의단의 움직임에 공투도, 악지군도 신경 쓰지 않았다. 그들은 이미 두 사람에겐 아무런 의미도 되지 않았다.

"네가 그걸 어떻게 알았지?"

"십절 중 한 사람이 네 사부라는 것?"

"도망치기 바빠서 그런 얘길 들을 곳이 없었을 텐데, 누구에게 들은 거지?"

"어느 분께서 알려주시더군."

"어느 분?"

"폐관수련에 지친 내게 훌륭한 공부를 가르쳐 주신 분이지."

공투의 발이 악지군을 향해 움직였다.

악지군은 그런 공투를 향해 하얀 치아를 드러냈다.

공투의 몸에서 발산되는 기운은 조빈의 무공 중 암흑대멸겁이었다. 그 위력이야 수없이 봐오고 직접 익혀보기까지 했으니 악지군도 잘 알고 있었다.

"그래 봐야 너는 조빈이 아니야."

"네가 십절이 아닌 것처럼?"

공투는 대화를 하면서 잃었던 감이란 것을 찾았다. 용악이나 악승 앞에선 입술을 떼기도 어려웠으나 악지군을 보니 노력하지 않아도 입이 열렸다.

쿠오오—

암흑투기가 공투의 전신을 감쌌다.

악지군의 눈에 이채가 발해지더니 슥, 뒤로 한 걸음 물러섰다.

"……?"

"내가 혼자서 왔을 리 없잖아?"

"숨겨놓은 자들을 부르는 거냐?"

"중요한 몸이라 이런 데서 다치면 곤란하거든."

악지군은 놀리듯이 말을 하고는 손을 위로 올렸다.

휘이이—

바람이 갈대밭을 지나갔다.

당연히 모습을 드러내야 하는 소모품들이 꼼짝도 하지 않았다.

"미려!"

악지군이 소리를 지르자 미려가 급히 뒤를 돌아봤다가 비명을 지르며 엉덩방아를 찧었다.

소모품들은 싸늘하게 식어 있었다.

"사, 사형… 저, 전부 죽었어요!"

미려가 갈대밭에서 뛰쳐나오며 크게 소리쳤다.

"혼자가 아니었나?"

악지군은 미려의 반응에 떠오르는 사람들이 있었다.

'두 분이 도와주셨나?'

공투는 아무런 대답 없이 슬쩍 오른쪽 위를 곁눈질로 올려다봤다. 아무도 보이지 않았지만 그곳에 두 괴물이 있다는 것을 알 수 있었다.

"도와주는 자가 있구나."

"쿡쿡. 너 같은 쓰레기의 입에서도 그런 말이 나올 수 있구나. 이건 오면서 처리했던 자들 중 한 명이 메고 있던 건데 꽤 쓸 만하더구나."

공투는 말을 하면서 등에서 도를 꺼내 들었다. 아니, 꺼내는 것과 동시에 악지군을 향해 내던지며 손가락으로 검붉은 지력을 쏘아댔다.

팔대마공 중 잔상도와 묵지혈환이었다.

"흥!"

악지군은 공투의 기습에도 전혀 놀라지 않았다. 코웃음과 함께 삼부절을 연속으로 펼쳐 잔상도를 튕겨내고 묵지혈환을 막았다.

쾅! 쾅!

공투와 악지군은 각각 뒤로 한 걸음씩 물러섰다.

"이런 말도 안 되는……."

악지군은 공투와 동수를 이뤘다는 것에 믿을 수 없다는 눈이 됐다.

"겨우 그 정도로 큰소리를 쳤던 거냐, 악지군?"

공투의 비웃음은 악지군에겐 참을 수 없는 모욕이었다. 악지군은 품으로 손을 가져갔다. 사부절에 도끼까지 사용한다면 공투를 죽일 자신이 있었다.

"지금부터 펼칠 무공은 사부님께 배운 팔대마공이 아니다."

"……?"

"나도 팔대마공이 이런 식의 위력을 가질 수 있다는 것을 그분 덕분에 처음으로 깨달았다."

'그분?'

악지군은 공투의 뒤에 있는 자에 대해 궁금했으나 그러기엔 공투로부터 흘러나오는 마기가 너무 강렬했다.

공투의 손에서 시작된 검은 기운이 악지군의 시야를 가릴 정도까지 퍼진 것이다.

'일부일혈!'

악지군은 시간을 지체하면 안 된다는 생각에 사부절로 일부일혈을 펼쳤다.

콰쾅!

암흑대멸겁과 부딪친 일부일혈이 주춤하긴 했어도 승기를

잡고 있었으나, 열 줄기 지력이 이어지며 악지군의 도끼를 사정없이 때려댔다.

카카— 캉!

'그 정도로는 안 된다!'

악지군은 공투의 묵지혈환을 도끼로 막아낸 후 소리없이 허공으로 솟구쳤다. 먼지와 검은 기운으로 가득한 곳에서 불쑥 나타난 악지군을 보고 공투가 크게 당황한 표정을 지었다.

퍽!

악지군의 도끼가 공투의 오른쪽 어깨를 찍었다.

그러나 그것은 공투가 노린 것이었다.

"악지군, 절파인을 기억하느냐? 목이 잘리기 전에는 죽지 않는다. 죽어라!"

공투는 악지군이 어깨에 박힌 도끼를 빼내지 못하게 힘을 주고는 오른손가락을 펴 악지군의 심장으로 향했다.

'퍽!' 소리와 함께 묵지혈환이 악지군의 몸을 꿰뚫는 순간, 악지군은 가까스로 몸을 틀어 심장에 적중되는 걸 피할 수 있었다.

"미려, 네가!"

공투의 분노 어린 일갈이 터졌다.

묵지혈환이 박히려는 순간 미려가 악지군을 잡아당겨 즉사를 면하게 한 것이다. 이내 미려는 다급하게 악지군을 감싸며 땅속으로 스며들었다.

쾅!

공투의 암흑대멸겁이 땅을 때렸으나 이미 땅속에는 아무도 없었다.

"모두 흩어져서 저들을 찾아라!"

마백이 부하들에게 소리쳤다.

"괜찮소?"

마백이 공투에게 다가가 도끼에 찍힌 어깨를 살폈다.

툭.

공투의 어깨에 박혔던 악지군의 도끼가 땅에 떨어졌다. 절 파인으로 몸을 보호한 덕에 큰 상처는 면할 수 있었다.

'이자 역시 파천마궁의 인물.'

마백은 그런 공투를 보며 고민에 빠졌다.

지금이라면 죽일 수도 있을 것 같았다.

그러나 자신하기엔 조금 전 보여준 공투의 무위가 너무도 강렬했다.

"후… 곧 이곳을 엄청난 분들이 지나가실 거요. 괜히 모습을 드러내 죽음을 자초하지 말고 적당한 때를 기다렸다가 이동하시오."

"……!"

마백은 조금 전에 했던 생각이 머릿속에서 완전히 사라지고 말았다.

"내가 엄청난 분들이라고 할 정도면… 아니지, 마음대로 하시오. 악지군, 놈을 놓쳤으니 뭐라고 말씀드려야 하나……."

공투는 짐짓 인상까지 쓰며 걸음을 옮겼다.

절파인을 시전한 덕분에 상처는 금방 아물었고, 몇 걸음 걷다가 곧장 신법을 펼쳐 숲으로 몸을 날렸다.

그 뒤로, 마백은 여의단의 다른 지부에서 올 때까지 부하들과 함께 며칠이고 자리를 지켜야 했다.

第七章
오늘은안돼

천산마제

염제의 거처는 앞으론 강이 흐르고 뒤로는 숲이 병풍처럼 둘러싸인 곳이었다.

"입에 맞으실지 모르겠습니다."

염제는 신강에서 잡은 물고기를 직접 구워 도왕에게 건넸다.

"요즘 강호가 많이 시끄럽더군. 십인회? 그곳에 대해 아는 것이 있나?"

도왕은 염제가 건넨 물고기를 먹기 전에 술부터 한 모금 마셔 목을 축였다. 독주 한 모금이 목을 타고 넘어가는 것을 느끼며 물고기를 뼈째 씹었다.

맛을 느낄 새도 없이 고소한 냄새가 먼저 코로 전해졌다. 그러고는 편안해졌다. 아무리 술을 마셔도 취하지 않는 두 사람에겐 이 순간이 최고의 풍류인 것이다.

"처음엔 저도 그들이 누군지 몰랐습니다. 사파삼대세력 중 한 곳을 친 걸로 봐서 정파를 표방하는 세력인 줄 알았는데… 알고 보니 사파삼대세력은 비교도 안 될 정도로 사악한 집단이더군요."

염제는 불 위에 올려진 물고기를 뒤집으며 퉁명스럽게 대답했다.

"사악하다?"

"금지된 무공을 익혔다고 합니다. 하나 그자들은 가끔씩 출몰하던 것들과는 비교할 바가 못 되더군요. 겨우 넷이서……."

강가에서 싸웠던 것이 떠오르는지 염제의 전신에서 뜨거운 기운이 확, 풍겨졌다.

"허허허. 염제, 여길 태울 생각이 아니면 화를 가라앉히시게."

"이런, 죄송합니다."

"죄송은 무슨."

"모두 그놈들 때문입니다. 도왕께서 도움을 주지 않으셨다면 큰 낭패를 면치 못했을 겁니다."

"염제가 그런 말을 하도록 놈들이 그만큼 치밀하게 준비를 한 게지. 그나저나 강호가 많이 변한 것 같네. 겨우 넷이서 염제를 어찌하겠다고……. 허허허."

도왕과 같은 천하제일을 다투는 고수가 염제의 입장에서 애기를 해주고 있었다.

　염제는 감격 어린 눈으로 도왕을 바라봤다.

　"언제 떠날 생각이신가?"

　"도왕께서 오셨는데 겨우 저녁 한 끼가 전부일 것 같습니다."

　십인회 총단으로 벌써 떠났어야 했는데 도왕 때문에 미루고 있다는 뜻이었다.

　도왕은 웃음을 들키지 않으려 술병을 입에 댔다.

　이젠 염제가 신강을 떠나지 않으면 안 되게끔 됐다.

　염제와 같은 노강호가 어리석어 도왕의 뜻에 따라 움직인 것은 아니었다. 강호인이든 아니든 기본적인 성정은 같은 것이다.

　자신보다 월등한 무력이나 무언가를 가지고 있는 상대가 자신의 약한 모습을 보았다? 당연히 인식을 바꾸고 싶은 것이 사람의 욕심이었다.

　'연락이 올 때까지 동행이 생긴 건가……'

　용악이란 녀석에 대해선 아직 연락이 없었다.

　도왕은 이제 염제를 거느리고 적당히 즐기면서 용악이란 놈을 죽일지 말지만 결정하면 그만이었다.

　　　　　*　　　　*　　　　*

　"공투?"

외혁우는 짜증스러운 눈으로 의식없이 업혀온 악지군을 내려다봤다. 치료할 생각은 않고 쳐다만 보고 있는 것이다.

"치료부터……."

"어찌 된 일인지 소상히 말해보아라."

외혁우는 미려의 말을 자르며 설명부터 바랐다.

미려가 보기엔 이해할 수 없는 모습이었다. 제자가 다쳤으면 치료부터 해야지 설명부터 하라는 태도는 말이 안 되기 때문이다.

"…저와 악 사형은 꽤 멀리까지 갔어요. 그러다 여의단 광동지부의 무리들 육십 명가량과 마주쳤지요. 악 사형은 그들을 막을 생각으로 나섰고……."

"그때 공투가 나타났다?"

"예."

"후후후. 그 말을 믿으라는 거냐, 미려야?"

"예?"

"겨우 조빈의 제자 따위에게 군이가 이 꼴이 됐다는 말을 나보고 믿으라는 거냔 말이다."

"……."

있는 그대로 설명한 것뿐인데 외혁우가 따지듯이 묻자 미려는 할 말을 잃고 멍하니 있었다.

외혁우로서는 당연한 반응이었다. 악지군은 일부일혈을 사부절까지 익히고 있었다. 파천마궁의 팔대마공 정도에 당할 리가 없기 때문이다.

"대사형도······."

"누가 네 대사형이냐!"

"고, 공투도 무사하진 못했어요. 악 사형의 도끼에 어깨를 찍혀서 겨우 움직일 수 있는······."

·대답을 하던 미려는 공투의 마지막 일격을 떠올렸다.

말한 것처럼 공투가 치명적인 부상을 입은 것은 아니었다. 하나 지금은 그래야 했다. 그래야 외혁우를 납득시키고 악지군도 치료를 받을 수 있을 것 같았다.

"너는 뭘 했느냐?"

"저, 저는··· 여의단 무리들이 공투를 돕고 있어서 막다가 악 사형을 데리고 간신히 도망칠 수 있었을 뿐이에요."

"여의단이 공투를 도··· 울 수도 있었겠지."

외혁우는 미려의 앞뒤가 맞지 않는 말에 인상을 쓰다가 그 럴 수 있다는 쪽으로 생각을 바꿨다. 여의단 무리들의 입장에 선 악지군보다는 공투 쪽이 대하기 편했을 테니까.

"여의단만 오는 중이었느냐?"

"악 사형과 본 자들은 그들이 전부였어요. 사방 이백 리 안에 다른 무리는 없었어요."

미려가 겁먹은 눈으로 대답했다.

외혁우는 더는 추궁하지 않고 두 사람을 돌려보냈다.

소모품들을 보내 그들을 쓸어버릴지 말지는 그 혼자 결정할 문제가 아니었다.

류절은 방 안으로 들어와서도 흑의를 벗지 않았다.

다들 소모품이라 여겼던 자들도 마찬가지였다.

"부절이란 자가 류절을 보고 많이 놀란 모양이더군."

"자신들과는 뭔가가 다르다는 것을 느낀 거겠지. 천급 좌위인데 만만히 본다면 그것이 더 이상하지."

류절과 함께 있던 두 사람의 대화였다.

류절은 두 사람의 대화에 일언반구 끼어들지 않았다.

"이해할 수 없는 것은 정검련과 묵도가 움직이지 않고 있다는 거야."

"모르고 있거나, 아직은 십인회가 신경 쓸 정도는 못 된다고 여기는 모양이지."

이번에도 류절은 대화에 끼어들지 않았다.

"정검련과 묵도가 십인회를 주목하도록 만들 복안은 있소, 류절?"

"십인회의 총단이 세워진 이상 여의단은 모른 척하기 힘들 거요. 그 공격만 적당히 막으면 정검련과 묵도가 합류하는 것은 시간문제요."

"구절의 관리는 어찌할 생각이오?"

류절이 확신에 차서 대답하자, 지금까지 한마디도 안 하던 또 다른 흑포인이 거친 목소리로 물었다.

"육 좌위, 그것도 이미 생각해 놓았소."

"……?"

"내가 그들의 공적이 되면 되오."

잠시 세 사람 사이에 침묵이 흘렀다.

류절의 말을 궁 좌위, 육 좌위가 이해를 하는 시간이었다.

"공적이라… 우리에겐 아주 익숙한 방법이로군. 모든 것은 계획대로 가야 하오. 안 그러면 대인께서 크게 실망하실 거요. 정검련과 묵도만 나서면 그때는 십절이든 소모품들이든 전부 버려도 그만이니 그때까지만 참아주시오."

"새로운 세상이 열리기만 한다면 무엇을 못하겠소."

류절은 궁 좌위의 위로를 거부했다.

"맞소. 곧 새로운 강호가 그분들에 의해 탄생하게 될 거요. 세 분의 천좌의 세상이!"

궁 좌위의 말이 선언처럼 끝나자 세 사람의 눈에는 약속이나 한 듯 무시무시한 안광이 흘러나왔다. 그 눈빛은 맹목적인 충성을 바친 사람들만이 가질 수 있는 광기와 같았다.

가장 늦게 대전으로 들어오는 류절을 부절이 못마땅한 눈으로 쳐다보며 나눈 얘기를 간략하게 들려주었다.

여의단에서 공격할 기미가 보이니 기다리지 않고 구절이 소모품들을 데리고 직접 나가려고 한다는 내용이었다.

"나갈 필요 없소. 들어오는 자들만 처리해도 충분하니 가만히 있으면 되오."

류절이 단호하게 결정을 내려 버렸다.

일제히 여덟 개의 시선이 부절을 향했다.

부절은 붉으락푸르락 안색이 쉴 새 없이 변하다 이를 악다

물며 잇새로 말을 뱉었다.

"알겠소."

부절의 수긍과 동시에 다른 절들의 안색이 딱딱하게 굳었다. 구절 중 몇몇의 노력으로 세워진 십인회 총단이었다. 그런 곳을 류절은 오자마자 명령을 내리고 있었다.

류절이라고 분위기가 험악해지는 것을 모를 리 없었으나 그런 것까지 신경 쓰기에 그에게 주어진 임무가 너무 컸다.

'이러면 얘기는 달라지지.'

부절은 그것을 놓치지 않았다.

류절이 나가고 난 후 구절은 아무도 자리를 떠나지 않고 있었으나 말을 꺼내는 사람도 없었다. 대전 밖에 류절이 아직 떠나지 않고 있음을 다들 알고 있었기 때문이다.

류절은 문밖에 잠시 멈춰 있다가 이내 어디론가 움직였다.

"이대로 류절의 뜻에 따라 움직일 거요?"

부절의 조용한 목소리가 류절이 떠난 대전 안을 감싸 안았다.

*   *   *

"드디어 시작인가요?"

여인은 봉긋하게 솟은 가슴이 도드라져 보였고, 무복 대신 움직이기 편안하게 발끝만 끈으로 여민 바지를 입고 있었다. 역시나 눈부신 몸매는 감출 수 없었다.

여인은 한껏 고무된 표정이었다.

"시작할 때가 되긴 했죠."

사마화인은 친절하게 여인의 질문에 대답해 주었다.

"이해해 주시게, 여의총령. 연아는 빙궁에서만 자라서 세상 물정을 모른다네."

여인을 연아라 부른 노인은 이마에 손을 대고 머리가 아프다는 표정을 지었다.

두 사람은 북해빙궁의 주인인 빙제 항해민과 손녀 항예연이었다.

"하하하. 별말씀을 다 하십니다, 어르신. 저도 홍분이 되는걸요?"

사마화인이 너스레를 떨며 항예연의 편을 들어주었다.

"무슨 소린가. 연아는 자네보다 고작 세 살밖에 어리질 않네. 다 큰 처녀가 싸움만 좋아해서는… 쯧쯧쯧."

"할아버지, 그건 싸움만 좋아한다고 표현하는 것이 아니라 호전적이라고 하는 거예요."

"떽. 그게 그 말이지."

"다르죠. 싸움만 좋아하면 아무나 붙잡고 싸우지만, 저는 정파의 입장에서 사파를 응징하기 위해 가는 거라고요."

항예연은 스물네 살답지 않은 귀여움을 지니고 있었다. 사마화인은 그런 항예연을 보며 여동생을 대하는 것처럼 편안하게 웃었다.

사마화인이 이들 조손을 만난 것은 이틀 전이었다.

만나기로 한 주루에서부터 두 조손은 티격태격 말다툼을 멈추지 않았다. 주제 따위는 없었다. 항해민은 오직 항예연을 걱정하는 말뿐이었고, 항예연은 걱정하지 않아도 된다는 입장이었다.

그 뒤로 이틀 내내 사마화인은 두 조손의 말다툼을 중재해야 했다.

'귀여운 여인이네.'

사마화인은 항예연이 강호 여인으로서 무척 올바른 사고를 가지고 있음을 대화를 통해 알게 됐다.

북해빙궁에서만 살아서 강호에 대한 시선이 극히 한정되어 있기는 하지만 그 정도는 조금만 지나면 해결될 부차적인 문제일 뿐이었다.

"어떻게 공격할 생각이세요, 여의총령님?"

사마화인이 항예연을 빤히 쳐다보며 딴생각을 하고 있을 때 항예연이 급작스럽게 질문을 건넸다.

"예?"

"십인회 총단이요. 어떻게 공격하실 생각이시냐고요."

"아… 해야죠."

"그러니까 어떻게요?"

"음… 그 부분은 여의단의 일급기밀이라 말씀드리기 곤란한데요."

"기밀이요?"

항예연은 사마화인의 대답에 심통난 표정을 짓더니 이내 하고 싶은 말을 쏟아냈다.

"그럼 제 생각을 말씀드릴게요. 제 생각에는 기선제압이 중요할 것 같아요. 할아버지 말씀대로라면 그들이 꽤 강한 것 같은데 괜한 피해를 감수할 필요는 없잖아요. 기선제압! 총령, 할아버지, 그리고 저. 이렇게 셋이서 일단 콱! 누르고 시작하는 거예요."

"…콱이요?"

"예, 콱!"

사마화인은 항예연이 주먹을 쥐고서 누군가의 머리를 쥐어박는 동작을 취하는 것을 보며 대답을 망설였다. 그녀의 즉흥적인 행동에 동조했다가는 곧바로 실천으로 옮길지도 몰랐다.

"나도 같은 생각일세."

망설이는 사마화인의 귀로 항해민의 동조하는 목소리가 들렸다.

"……"

사마화인은 항해민을 보며 아무 말도 하지 못했다.

항예연이야 싸움에 참가한 것이 처음이니 그럴 수 있다고 해도 항해민의 입에서 항예연을 지지하는 말이 나올 줄은 꿈에도 생각 못했기 때문이다.

"그것들이 금지된 무공을 익힌 것 때문에 자신감에 차 있는 모양인데, 그럴 때일수록 초장에 눌러줘야 효과가 크네."

항해민은 무척이나 진지하게 말을 이었다.

진심인 것이다.

"고려해 보도록 하겠습니다."

"나 같으면 그리하겠다는 뜻일세. 어차피 모든 결정은 자네가 할 테니, 그저 참고만 하게."

항해민은 언제 진지했느냐는 듯 활짝 웃었다.

사마화인은 항예연이 말했을 때는 철없는 소리로 들렸던 게, 노강호의 한마디가 더해지자 귀가 솔깃해지는 자신을 속으로 탓했다.

'진짜 해봐? 내가 언제부터 전술대로 싸워왔다고.'

뒤쪽에서 지부장 셋이 지켜보는 것도 잊고 사마화인은 혼자만의 새로운 계획을 짜기 시작했다.

"곧 계획이 변경될 것 같습니다."

익교문 지부장이 양옆을 돌아보며 말했다.

"우린 애초에 계획을 세우지 않았소, 익 지부장."

"예?"

"총령의 변덕이 어디 하루 이틀 일이오? 안 그렇소, 충 지부장?"

"익 지부장은 처음 출정이라 잘 모르겠지만 곧 익숙해질 거요. 총령께선 정해진 계획대로가 아니라 그때그때의 상황에 맞춰서 그때그때 결정하는 걸 좋아한다오."

두 지부장의 말을 익교문이 모를 리 없었다. 사마화인이 안휘 지부에 있을 때도 종종 겪었던 일이기 때문이다.

'왜들 저렇게 즐거워하는 거지?'

익교문은 사마화인이 계획을 바꾸는 것보다 두 지부장의 웃음이 더욱 마음에 걸렸다. 마치 사마화인이 나선 이상 지부장들이 걱정할 일은 없을 거라는 듯한 웃음이었다.

십인회 총단 앞.

사마화인이 이끄는 여의칠기군 이백 명과 빙궁에서 합류한 오십여 명에 정파의 중소문파에서 온 자들까지 합치면 무려 삼백 명이 넘는 대부대였다.

탁. 탁. 탁.

사마화인이 뇌정구로 손바닥을 때리며 항해민, 항예연과 함께 앞으로 걸어나갔다.

곧 벌어질 싸움에 대한 긴장으로 무인들은 침묵하며 세 사람을 바라보기만 했다.

사마화인의 걸음이 멈춰지는 순간 정적은 끝나게 될 것이다.

시간은 무척 느리게 흘러갔다.

십인회라는 악의 무리를, 금지된 무공을 익힌 자들을 응징하는 자리에 함께 있다는 것만으로도 무인들의 눈은 빛이 났다.

"나는 여의단의 사마화인이다! 십절을 보러 왔다!"

사마화인은 내공을 실어 정문에 대고 외쳤다.

웅혼한 기상이 담긴 사마화인의 목소리에 항예연의 눈이 반짝였다.

'멋있는데?'

사마화인에 대한 호감은 함께 오는 동안에도 충분히 키워왔으나, 지금 이 순간은 다른 사람이 눈에 안 들어올 정도였다.

항예연은 십절이란 자들이 나오지 않기를 바랐다. 나오지 않아야 정문을 부수고 들어갈 것이 아닌가?

"나오지 않는다면… 들어가야겠지."

사마화인의 눈이 빛났다.

손에 든 뇌정구를 어깨에 멘 채 정문을 향해 한 걸음 옮겼다.

"어? 주군, 누가 들어가려는 모양인데요?"

악승이 오물거리고 있던 과일 씨를 뱉어내며 십인회 총단 앞을 쳐다봤다. 상당한 인원이 모여 있는 곳에서 한 명만이 움직이고 있었다.

정문까지 가려면 아직은 낮은 구릉 두 개를 더 건너야 했다.

"먼저 가라."

용악의 말이 끝나자 뒤따라오던 공투가 재빨리 신법을 펼치려 했다.

"아니, 이리로."

용악이 신형을 띄우려던 공투를 끌어당기는 시늉을 했다.

"…으엇!"

공투는 자신의 몸이 용악에게로 끌려가는가 싶더니 갑자기 주위 경물이 빠르게 지나가는 것을 보았다. 황당한 표정으로 뒤를 돌아보자 용악과 악승의 신형이 저만치 뒤에 있었다.

용악의 서두르라는 표현이 이런 식이란 것을 깨닫게 된 공
투였다.

"확실히 빠르긴 하네요."

날아가는 공투를 보며 악승이 배를 두드렸다.

"우리도 가자.. 먼저 갈 테니 따라와."

"예? 어? 예……."

악승이 되묻기도 전에 용악의 신형이 일직선으로 쏘아져 나
갔다. 천산에서 용악과 십 년을 보낸 악승에겐 그리 낯설지 않
은 행동이었다.

'저것이 천마등등공이구나!'

극에 이르면 축지와 같은 경지에 이른다는 천마등등공을 직
접 보게 된 것이다.

'이 정도였나?'

천마등등공에 놀라긴 용악도 마찬가지였다.

서두르자는 생각에 천마등등공을 마음먹고 최대한 펼쳤는
데 실제로 느껴지는 빠름은 글에서 보던 것보다 훨씬 대단했
다.

"안 되지……."

거리가 가까워질수록 십인회 정문으로 걸어가는 사람이 누
군지 확실히 보였다.

여의단의 인원을 저렇게 많이 움직일 수 있는 사람.

사마화인뿐이었다.

용악에겐 그것을 용납할 마음이 없었다.

파천마궁은 황보세가에 일곱 명의 호법을 보내 공격한 것도 모자라 조빈까지 움직였다. 그것 하나만으로도 파천마궁의 모든 것이 지상에서 사라질 이유는 충분했다.

하나 이젠 파천마궁이 문제가 아니었다.

조빈이 황보세가를 공격하기 전에 십인회의 빙절이 소모품들을 데리고 왔던 걸 알았기 때문이다.

"저기 누가 날아온다!"

여의단 무인 중 누군가가 용악을 발견하고 소리를 질렀다. 그러자 여의단의 무인들이 일제히 뒤를 돌아봤다.

"무슨 소란이냐!"

여의칠기군 조장 중 한 명이 갑작스런 소란에 급히 뒤쪽으로 다가왔다. 하나 뒤쪽에 있던 여의칠기군 무인들의 시선은 한곳에 고정되어 있을 뿐 조장을 돌아보지 않았다.

"무슨······."

조장이 소리를 지르려 할 때였다.

쿵!

"······!"

조장의 귀로 들려온 묵직한 진동음.

듣는 순간 발자국 소리라는 것을 알고 있었지만 조장은 부정하듯 고개를 가로저어야 했다. 아무리 거대한 짐승이라도 저 정도 소리를 낼 수는 없기 때문이다.

쿵!

한 번 더 땅이 진동하고 나서야 조장의 눈에 한 명의 청년이 들어왔다. 청년은 머리에 영웅건을 두르고 있었고 그 외에는 별다른 특징이라고는 없었다. 한 가지, 청년이 걸을 때마다 땅이 눌리며 소리를 낸다는 것 외에는.

"저, 적이다!"

조장은 자신도 모르게 청년, 용악의 기세에 눌려 소리치고 말았다. 조장의 말이 끝나기 무섭게 적이란 말은 사방으로 퍼졌고, 여의칠기군의 고개가 모두 뒤로 돌려졌다.

"이, 이쪽으로 오고 있습니다!"

"쳐라!"

조장은 뒤쪽에 있는 여의칠기군 무인들에게 명령을 내렸다. 하나 그것은 무의미한 명령이었다.

쿵!

움직이려던 여의칠기군 무인들이 제자리에서 허공으로 떠오르며 하얗게 질려 버렸기 때문이다.

용악은 그때까지 손을 사용하지 않은 상태였다.

"으헉!"

"어어, 으어, 어!"

용악은 막아서려던 무인들을 무형의 벽을 만들어 가두거나 날려 버리거나 밀었다. 그것이 시작이었다.

쿵!

용악을 향해 몰려오던 무인들 앞에 갑자기 땅이 불쑥 일어나며 길을 막아버렸다.

"웬 놈이냐!"

이십여 명의 무인이 흙기둥 위로 올라서며 용악을 향해 무기를 겨눴다. 하나 그들이라고 다른 여의칠기군 무인들과 다를 바가 없었다. 비명 소리만 더 늘어났을 뿐.

쿵!

또다시 규칙적인 음향이 터졌다.

"으어어어!"

허공으로 솟구친 사내가 비명도 아니고 신음도 아닌 어정쩡한 소리를 내며 양손과 양발을 허우적댔다.

용악은 담담한 표정으로 땅을 일으켜 만든 길을 따라 걸었다. 그때까지 죽은 사람은 아무도 없었다. 그제야 여의칠기군 무인들은 덤비는 대신 길을 비켜주는 쪽을 선택했다.

용악을 기준으로 여의칠기군이 좌우로 쫙 갈라섰다.

여의칠기군은 용악이 자신들의 상대가 아님을 깨달은 것이다.

호되게 당한 무인들이 용악의 뒤에서 저마다 고개를 가로저었다. 거기엔 조장들도 포함되어 있었다.

용악의 시선이 왼쪽으로 돌아가면 모든 무인들의 고개가 왼쪽으로 향했고, 오른쪽으로 돌아가면 오른쪽으로 향했다.

땅을 밟는 것만으로 저런 신위를 보일 수 있는 사람은 흔치 않았다.

"버, 번천수다!"

누군가가 용악을 기억해 내고 큰 소리로 외쳤다.

땅을 이용해 싸우던 용악에 대한 얘길 들은 자인 모양이다.

"왜, 왜? 번천수는 우리와 같은 편이 아니었나?"

안도의 숨을 내쉬기도 전에 또다시 웅성거림이 일어났다.

'또 달라졌구나.'

사마화인은 십인회 총단으로 걸어가던 걸음을 멈춘 상태였다.

삼백 여의칠기군을 반으로 가르며 천천히 걸어오는 용악의 모습을 보는 사마화인의 입가엔 씁쓸한 웃음이 담겼다.

저런 여유.

저런 오만함.

사마화인이 기대하던 용악의 모습에서 크게 벗어나지 않았다.

"내가 가마."

사마화인은 용악을 마주보며 걸었다.

여의단 총령 사마화인의 발이 떼어지자 또 다른 장관이 펼쳐졌다.

쫙!

여의단의 무인들이 양쪽으로 갈라서는 모습이 마치 두부를 반으로 쪼갠 모양 같았다.

뒤쪽에서는 용악에 의해 갈라지는 길이, 앞쪽에선 사마화인에 의해 갈라지는 길이.

두 사람의 기운은 그렇게 양쪽을 열었다.

서서히 가까워지던 둘은 서로를 마주보며 멈춰 섰다.

"할아버지, 뭐죠? 왜 저자를 막지 않고 길을 비켜주는 거죠?"

항예연은 허리에 손을 얹고서, 멈춰 선 용악을 가리키며 항해민을 돌아봤다.

"허……."

항해민의 입에서 어이없다는 한숨인지 탄성인지 모를 묘한 소리가 흘러나왔다.

"할아버지?"

"막을 수가 없는 거겠지."

"왜 막을 수가 없어요? 저자가 사람들을 막고 있기라도 하다는 말씀이세요?"

항예연의 말도 안 된다는 말에 항해민은 표정을 딱딱하게 굳힌 채 고개를 끄덕였다.

"…할아버지?"

"총령이 직접 나서는 것이 이상하다 했는데… 저자의 기도를 보니 이해가 가는구나."

항해민의 표정이 딱딱하게 굳어 있었다.

'할아버지께서 긴장을 해야 할 고수라는 뜻인가?'

항예연은 믿을 수 없다는 표정이 되어 다시 용악에게로 고개를 돌렸다.

"세상에……."

안휘 지부장 익교문은 용악을 한눈에 알아봤다.

겉으로 볼 땐 변한 것이 거의 없어 보였으나, 분위기가 완전히 달라져 있었다.

긴장한 사람은 익교문뿐만이 아니었다. 옆에 나란히 서 있는 두 지부장 역시 용악에게서 눈을 떼지 못했다.

"오늘은 안 돼."

용악과 마주 선 사마화인이 먼저 입을 열었다.

사마화인은 용악에게 알려주고 싶었다.

혁련세가 앞에 섰을 때와 상황이 완전히 다르다고.

이번엔 사마화인의 허락 없이 지나갈 순 없다고.

"자리를 지켜라!"

익교문의 외침이 여의칠기군 전체에 퍼졌다.

그러자 멍하니 바라보기만 하던 사람들이 퍼뜩 정신을 차리며 자세를 갖추었다.

웅웅웅―

"뒤로."

짧게 명령을 내린 사마화인은 웃었다.

사마화인의 등 뒤에선 육각 방망이, 뇌정구가 광휘를 내뿜으며 언제든 출수할 준비를 끝낸 상태였다.

뇌정구를 앞으로 꺼내 들자 잔뜩 압축되어 있던 진기가 사방으로 퍼지며 공간을 넓혔다.

픽.

용악이 웃었다.

사마화인도 지지 않고 더욱 짙은 웃음을 지었다.

"많이 늘었군."

"자네도 많이 달라진 것 같은데?"

사마화인은 용악이 첫마디를 하대로 시작했음에도 전혀 기분 나빠하지 않았다.

슥.

용악이 앞으로 반보 나왔다.

'윽!'

사마화인은 웃고 있던 표정을 유지하지 못하고 인상을 썼다.

'이자… 달라진 정도가 아니라 괴물이 됐다!'

용악의 반보에 사마화인은 일보를 물러서야 했다.

다급한 반응이었으나 사마화인은 창피해할 여유가 없었다. 겨우 반보밖에 움직이지 않은 용악의 몸이 거대하게 다가왔기 때문이다.

이대로 가만히 있다가는 용악에게서 흘러나오는 기운 때문에 공격조차 하지 못할 것 같았다.

"탓!"

사마화인은 자신을 얽어매는 용악의 무형진기를 뚫고 허공으로 솟구쳤다.

"……!"

용악은 사마화인이 무형진기를 뿌리친 것이 놀랍다는 듯 이채를 발했다.

솟구친 사마화인의 신형이 자유롭게 허공을 움직였다. 사마화인에게 있어서 뇌정구는 일종의 날개였다.

뇌정구를 손에 쥐고 있다면 격식이나 순서 따위는 사마화인에게 무의미한 것들일 뿐이다.

번쩍!

뇌정구가 푸르스름한 빛을 뿜었다.

사마화인의 진기와 반응한 뇌정구가 번개를 뿜어낸 것이다.

뇌정구에서 시작된 빛은 진짜 뇌전과 같이 위력적인 형태로 온전히 용악을 향해 뻗어갔다.

"정말 놀라울 정도로 늘었군."

용악은 뇌정구에서 뿜어지는 뇌전을 향해 손을 들어 올렸다. 검왕의 천강에도 찢어지지 않은 천마수가 뇌정구의 기운에 찢어질 리 없다는 자신감의 표현이었다.

쾅!

뇌성벽력 치는 소리와 함께 두 사람의 기운이 충돌을 일으켰다가 위로 솟구쳤다.

'위?'

용악은 뇌전을 막아낸 힘이 위쪽으로 빨려 들어가는 느낌에 고개를 들었다. 아직 허공에 떠 있는 사마화인과 눈이 마주쳤다.

"이제 시작이다."

사마화인은 용악과 눈이 마주치자 입술을 달싹였다.

그 말이 끝나기 무섭게 아홉 명의 청년이 허공을 열고 나온 것처럼 모습을 드러냈다.

'저들이 힘을 빨아들인 건가?'

용악은 사마화인의 위쪽에 나타난 청년들을 보며 흥미롭다는 표정을 지었다.

"이들은 나의 호위들이다. 구궁성휘라고 하지. 사람들에게 피해가 갈까 봐 손을 쓴 것이니 오해는 하지 말길 바라네."

"오해는 무슨. 괜찮은 무공을 익힌 것 같은데 함께 펼쳐 봐."

"하하하! 구성과 합공을 하라는 뜻인가?"

"너까지 열이 합쳐 하나 아닌가?"

"……!"

용악의 지적은 정확했다.

사마화인과 구성은 실과 바늘의 관계였다.

그러나 용악의 말대로 하는 것은 사마화인의 자존심이 용납하질 않았다.

그때였다.

"총령, 이 늙은이의 눈에 때 좀 벗기도록 해주게. 단주의 구궁천하와 어떤 것이 다른지 한번 보고 싶군."

지켜보고 있던 항해민이 모여 있는 모든 사람들이 들을 수 있을 정도의 큰 소리로 말했다.

'저자, 돌아보지 않는다.'

항해민은 용악이 잠깐이라도 돌아볼 줄 알고 일부러 큰 소리를 냈건만, 용악의 시선은 사마화인과 구성들에게서 떠나지

사마화인이 헛바람 삼키는 소리를 냈다.

뇌정구를 막고 있던 무형의 진기가 갑자기 사라진 탓이다.

용악은 밑으로 내려오는 뇌정구를 맨손으로 잡았다.

뇌전으로 인해 용악의 손에서 '파지직' 거리는 소리가 났다. 천마벽을 일으킨 상태라면 몰라도 맨손으로 뇌정구를 만지는 짓은 자살행위와 마찬가지였다.

사마화인은 알아서 도와주는 용악의 행동에 이겼다는 생각을 했다.

척.

"……!"

사마화인의 의도대로 용악은 뇌정구를 맨손으로 잡았다. 하나 사마화인이 기대한 것과 같은 일은 벌어지지 않았다.

뇌전이 흐르는 뇌정구를 잡고도 용악이 멀쩡했기 때문이다.

"어떻게……."

"내 손이 보통 손이 아니거든."

용악은 짧고 분명한 대답과 함께 손에 진기를 주입시켰다. 그러자 용악의 손에서 무지막지한 경기가 일어나며 사마화인을 떨쳐 냈다.

쿠오오오!

사마화인을 떼어낸 용악의 손이 쑤욱, 늘어나는가 싶더니 아직 허공에 떠 있는 구성을 향해 무차별 공격을 시작했다.

콰콰콰!

하늘에서 폭음이 연이어 터졌다.

사마화인은 용악에게서 떨어졌다가 땅을 밟음과 동시에 뛰어올랐고 용악의 수영(手影)들을 향해 뇌정구를 휘둘렀다.

콰콰쾅!

뇌정구와 부딪친 용악의 수영은 사라지거나 방향을 바꿔 끊임없이 구성들을 공격해 갔다.

'용악! 도대체 네놈의 정체가 뭐냐!'

사마화인은 안간힘을 다해 반격하느라 외칠 힘도 없었다.

뇌정무무(雷霆武舞).

뇌정의 힘을 천지에 뿌리니 막아서는 모든 것을 부순다. 뇌정무무 비급에는 그렇게 적혀 있었다.

"적힌 대로 되란 말이다!"

사마화인은 기합과 함께 또다시 뇌정구를 휘둘렀다.

펑! 퍼펑!

경력과 경력이 마주치면서 빛살들이 터져 나갔다.

퍼엉! 퍼엉!

허공에 뜬 채 한 번도 땅에 내려서지 않는 사마화인의 동작은 가히 무신의 춤이라 여겨도 될 정도로 환상적이었다. 하나 그런 무신의 춤을 용악은 제자리에서 모두 받아냈다.

시간이 흐를수록 사마화인의 공격은 거세졌으나 그럴수록 용악의 동작은 단순하게 변했다. 제자리에서 손만 이리저리 바꾸는 것이 전부였다.

쩌릉! 콰르르르르!

뇌정구의 크기가 거의 두 배에 달할 정도로 커지더니 엄청난 뇌성을 터뜨렸다. 크기가 거대해지면서 소리도 더욱 과격해져 갔다.

쩡!

처음으로 용악이 자세를 바꾸었다.

허리를 낮춘 채 양손을 늘어뜨리고 사마화인의 뇌정구를 쳐다봤다.

쾅!

또다시 뇌정구가 용악의 머리 한 자가량 위에서 멈췄다.

'아!'

사마화인이 아무리 힘을 주어도 뇌정구는 더 이상 내려가지 않았다. 혼신의 힘을 다한 일격이 막혀 버린 것이다.

그때, 조금 전의 충돌로 인해 뇌정구에서 흘러나온 뇌전이 아래쪽으로 퍼졌다. 아래쪽으로 내려갈수록 점점 넓어지는 형태. 그것은 무형의 원뿔 기둥이었다.

"파하하하!"

사마화인은 웃었다.

허탈해서 웃음밖에 나오질 않았다.

용악이 만들어낸 무형의 형체를 본 순간, 웃는 것 외에는 할 수 있는 것이 아무것도 없었다.

무형의 진기로 형체를 구현해 내는 것은 사마화인도 할 수 있지만 용악처럼 빠르게, 아니, 무의식 상태에서 저절로 저런 형체를 만들어낼 수는 없었다.

용악은 이미 사마화인이 어찌할 수 있는 사람이 아니었다.

새삼 다시 한 번 느껴야만 했다.

"어……."

사마화인의 전력이 담긴 손이 갑자기 아래로 쑥 내려갔다.

쾅!

"무, 무슨……!"

사마화인은 눈을 크게 떴다.

뇌정구를 막고 있던 무형의 원뿔형 기둥이 갑자기 사라졌기 때문이고, 그보다 더 놀라운 것은 용악이 뇌정구를 아무런 방어 없이 맞았기 때문이다.

"괜… 찮나……."

사마화인의 입에서 나온 말은 질문이 아니었다.

용악은 멀쩡했다. 뇌정구와 부딪친 가슴의 옷자락조차 구겨지지 않았다.

"간다."

용악이 뇌정구를 몸에서 떼어내며 사마화인을 천천히 지나쳤다.

사마화인은 멍한 눈으로 바라볼 뿐 막지 못했다.

"…허락이라도 받고 가지……."

사마화인이 용악의 뒤에 대고 한 말이었다.

속에서 열불이 뻗칠 정도로 화가 나야 하는데 농담이 나올 정도로 너무 멀쩡했다.

"총령, 괜찮으십니까?"

익교문이 다가오며 조심스럽게 물었다.

"괜찮아. 혼자 열 내다 제풀에 나가떨어졌는데 안 괜찮을 이유가 없잖아."

"예? 그, 그것이 아니라……."

"익 지부장, 저자… 저 용악이란 자, 저번엔 저 정도까진 아니었거든? 쫌만 노력하면 한 방 먹일 줄 알았는데……."

사마화인은 진정으로 아까워하는 눈치였다.

용악과의 대결에서 졌다는 생각 자체를 안 하는 것이다.

익교문으로선 다행스러운 일이 아닐 수 없었다.

"이백 여의칠기군이 명령을 기다리고 있습니다."

"명령? 아마 모르긴 몰라도 지금 들어가면 십인회나 우리나 똑같이 취급하고 다 죽일지도 몰라. 그래도 들어가고 싶어?"

그때, 대답 못하고 망설이는 익교문의 위쪽으로 누군가 지나갔다.

사마화인이 재빨리 고개를 돌리며 쳐다봤다.

몸집이 무척 큰 자였다.

"누구시오?"

"풉. 뇌정구를 그딴 식으로 사용하는 놈에겐 알려주기 싫다."

악승이 눈만 아래로 내리며 사마화인을 비웃어주고는 정문을 향해 바람처럼 날아갔다.

"풍령……."

누군가의 중얼거리는 목소리에 악승이 정문 앞에 내리며 돌아섰다.

"빙제?"

악승이 항해민을 알아보았다.

"정말 풍령인가?"

"풉. 풍령을 다루는 인간이 나 외에 또 누가 있겠소."

"혈교가 부활했나?"

"혈교는 사라진 적이 없소."

악승의 입가에 미소가 그려졌다, 혈교의 십대마인으로 지낼 당시의 사악한 웃음이.

"……!"

항해민은 악승의 웃음을 보며 몸이 차가워지는 것을 느꼈다. 그만큼 악승의 악명은 빙제인 그도 치를 떨 정도였다.

"저 청년과는 어떤 사이요, 풍령."

"저분은 저 청년이 아니라 나, 풍령의 주군이시오. 혈교의 주인이시자 천마의 진전을 이으신 분이지."

"처, 천마!"

"풉풉. 또 봅시다."

악승은 항해민의 놀란 얼굴을 재미있다는 듯 쳐다보다가 땅이 튕겨낸 것처럼 곧장 정문 위로 솟구쳐 올라갔다.

"할아버지, 저 징그럽게 생긴 사람이 누군데 그렇게 놀라세요?"

항예연이 재빨리 다가오며 물었다.

"혈교라는 이름을 들어본 적 있느냐, 연아?"

"들어봤죠. 삼십 년 전에 사라졌다는……."

"그 혈교가 부활할 모양이다. 천마라면 사마 총령이 물러선 것도 놀랄 일은 아니지."

항해민의 마지막 말은 거의 혼잣말에 가까웠다.

항예연의 깨끗하고 하얀 얼굴이 찡그려졌다.

항해민이 이렇게 진지해진 것을 거의 보지 못한 까닭이다.

'사마 총령도 그렇고 할아버지도 그렇고. 이상해……'

항예연은 이미 정문 너머로 사라진 용악과 악승을 떠올리며 아미를 찌푸렸다.

第八章
내 것에 손대지 마라

천산마제

용악이 정문을 넘어 땅을 내딛자 안에서 문을 지키고 있던 소모품들의 얼굴이 딱딱하게 굳었다.

　용악은 그들을 지나쳐 안으로 걸음을 옮겼다.

　'사사삭' 거리는 소리와 함께 삽시간에 삼십 명 이상의 소모품들이 용악의 뒤로 모여들었다.

　용악은 모른 척 걸었다.

　뒤쪽에 모인 소모품들의 수가 점점 증가하더니 급기야는 당장에라도 손을 쓸 것처럼 일제히 살기를 내뿜었다. 하나 소모품들의 살기로는 용악을 돌아서게 만들지 못했다.

　용악은 계속해서 걸음을 옮겼다.

　소모품들이 모여든다는 것은 이미 준비를 하고 있었다는 것을 암시했다.

혁련세가를 벌하러 갔을 때와는 비교도 할 수 없는 고수들
이었으나, 용악 역시 그때와는 다르게 구 할 가까이 원래의 힘
을 회복한 상태였다.

"무슨 일로 십인회를 방문했는가?"

용악을 가로막으며 아무것도 모르는 것처럼 사십대 초반의
사내가 질문을 던졌다.

부절이나 도절의 발끝에도 못 미치는 실력.

용악은 사내에게 잠시 시선을 주었다가 다시 걸음을 옮겼
다.

"죽어!"

용악이 발을 뗐다가 내릴 때를 노리고 사내가 벼락같이
양손을 떨쳐 왔다. 추혼장을 어설픈 수준까지만 익힌 자였다.

"갈!"

가늘고 날카로운 목소리와 함께 용악의 뒤에서 소용돌이가
날아와 사내를 담벼락까지 내동댕이쳤다.

"컥!"

사내를 부축하려 했던 자들까지 함께 날아가 신음을 터뜨렸
다.

"이것들이 누구한테 덤비고 있는 게야!"

용악의 일보 뒤에 내려선 악승이 주위를 싸늘하게 돌아보며
엄포를 놨다. 이미 용악을 공격한 사내는 의식을 잃은 뒤였다.

사내의 공격을 신호로 알고 일제히 덤벼들 준비를 하고 있

던 소모품들의 움직임이 완전히 멈추었다.

용악은 자신의 뒤에서 무슨 일어나고 있는지 전혀 관심 없는 표정으로 계속해서 앞으로 걷고 있었다.

일각가량 걸어가는 동안 여기저기 숨어 있던 자들의 기척을 모두 감지했다. 그러다 갈림길이 용악의 발걸음을 멈추게 했다.

갈림길 중앙 거대한 벽에 아수라가 피를 흘리고 있는 석상이 보였다.

용악은 석상을 향해 손을 휘저었다.

부스스―

먼지가 날리며 석상이 조각되어 있던 곳이 평평한 벽이 되었다.

"악승, 악마가 진짜 악마를 보고 숨어버렸는데?"

"그 사실을 모르는 것들이 불쌍할 뿐입니다, 주군."

어느새 다가온 악승이 용악의 농담에 장단을 맞춰주었다.

용악이 다시 걸음을 옮겼다.

평평해진 벽을 직각으로 밟으며 지붕에 올라가 그곳에서 아래쪽을 내려다봤다.

앞쪽에 거대한 연무장이 눈에 들어왔다.

그곳에는 열 명의 심상치 않은 기운을 풍기는 자들이 일렬로 늘어서 있었다.

슛.

지붕에서 허공으로 발을 내디딘 용악이 그들 앞까지 도달하는데 걸린 시간은 촌각에 불과했다.

"엄청난 신법이군. 오랜만이군."

외혁우가 용악을 알아보고 먼저 인사를 건넸다.

"당신이 일부일혈을 펼칠 때 알아봤지. 부절이겠군."

"잘 봤네. 노부가 십인회의 부절을 맡고 있지. 그래, 십인회의 총단에는 웬일인가? 저런 무시무시한 부하까지 달고서 말이야."

외혁우가 악승을 눈짓으로 가리켰다.

악승은 외혁우와 시선이 마주치자 세모꼴 눈을 좁히며 최대한 사람 좋은 얼굴로 웃어주었다. 소개는 꿈도 꾸지 말라는 악승의 거절 의사였다.

"내 것에 손댄 자들이 있어서 혼내주러."

용악이 주위를 둘러보며 물건이라도 사러 온 사람처럼 입을 열었다.

"네 것?"

"파천마궁의 근간은 혈교다. 혈교와 관련된 것은 모두 내 것이니 당연히 이곳도 내 것이지."

용악은 표정 하나 변하지 않으며 말했다.

십인회의 십절이 나란히 서 있었고 소모품들만 해도 몇백 명이 모인 곳에서 터무니없는 담담함이었다.

"쿡."

외혁우의 뒤쪽에서 십절 중 한 명이 웃음을 참지 못하고 터뜨렸다.

"부절, 겨우 이 애송이 하나 때문에 그토록 노심초사했던 거였소?"

덩치에 맞는 걸걸한 목소리와 함께 오십대 사내가 앞으로 나오며 주먹을 내보였다.

"애송아, 네가 혈마라도 되는 줄 아느냐?"

"……."

용악은 권절을 똑바로 바라보며 희미하게 웃었다.

십절 개개인은 오악무제와 이십 초를 겨룰 수 있는 고수들이었다. 그런 고수들에게 에워싸여 있으면서도 웃고 있었다.

'뭐가 달라졌지?'

외혁우는 용악의 태도에 고개를 갸웃거렸다.

태산에서 봤을 때만 해도 외혁우가 마음만 먹으면 죽일 수 있었다. 그런 용악이 외혁우 못지않은 고수 열 명을 눈앞에 두고 웃는다? 조심성 많은 외혁우로선 확인을 해보지 않을 수 없었다.

"태산에서 봤을 때 죽였어야 했다는 생각이 드는구나. 이렇게 수고스럽게 죽으러 오지 않도록 말이다."

"십천좌 흉내나 내는 너희들에게?"

용악은 웃으며 나직하게 말했다.

외혁우를 비롯한 십절의 안색이 동시에 해쓱해졌다.

용악이 십천좌에 대해 아는 것도 놀랍고, 알면서 아무렇지도 않게 입에 담는 것도 놀라웠던 것이다.

"불경하다! 그분들을 함부로 입에 올리다니!"

권절이 참지 못하고 버럭 소리를 지르고는 다짜고짜 용악을 향해 일권을 날렸다. 제자리에서 뻗은 주먹임에도 주위공간이 요동을 치며 한순간 용악의 모습을 이지러뜨렸다.

쾅!

권절은 멀찌감치 날아가거나 피떡이 됐을 용악의 모습을 상상하며 몸을 일으켰다.

"네놈이 자초한 일이니……."

원망은 하지 말라는 말을 하고 싶었던 모양이다. 하나 권절의 말은 끝까지 이어지지 못했다. 먼지 사이로 희미한 인영이 모습을 드러냈기 때문이다.

"유리붕권을 튕겨냈다?"

외혁우가 상황을 알고 나서 탄성을 터뜨렸다.

용악은 제자리에서 전혀 움직이지 않았다.

'주먹이 채 뻗어지기도 전에 무언가 닿은 느낌이 있었다.'

권절은 용악이 유리붕권을 튕겨냈다는 것을 믿기 힘들다는 표정으로 쳐다봤다.

"받았으면 돌려줘야지."

용악은 권절을 빤히 쳐다봤을 뿐 이렇다 할 행동은 취하지 않았다.

그때, 부절이 도끼를 뽑아 들 여유도 없이 손을 뻗으며 소리쳤다.

"권절, 조심하시오!"

부절의 외침이 끝나는 동시에 권절과 가까이 있던 도절과 암절이 손을 썼다.

당사자인 권절은 세 사람의 표정이 다급해지자 급히 몸을 빼려 했다. 하나 권절의 몸은 쇠사슬에 묶인 것처럼 꼼짝을 하지 않았다.

무형의 힘이 권절을 옭아맨 것이다.

콰콰콰콰!

육중한 굉음이 연속적으로 터졌다.

부절은 손을 매만지며 옆으로 밀려났고, 도절과 암절도 제자리를 지키지 못했다.

권절의 머리카락과 옷이 뒤로 밀렸다가 제자리를 찾았다. 충돌에 의한 여파가 이제야 걷힌 까닭이었다. 위험을 감지한 외혁우 덕분에 권절은 무사할 수 있었다.

"이놈!"

권절은 용악이 암습을 가했다고 여기고 눈에 불을 일으키며 달려들려 했다.

"권절, 혼자서 상대할 자가 아니요."

"비키시오, 부절. 내 한 주먹에 저놈의 머릴 부숴놓겠소. 저런 대가리에 피도 안 마른……."

외혁우의 만류에도 불구하고 권절은 씩씩대며 앞으로 나서려 했다.

"권절, 우리 셋을 물러서게 만든 자요. 앞으로도 그렇게 씩씩대려면 부절 말대로 하는 게 좋소. 청년, 그동안 더 강해졌구려."

침묵으로 일관하던 도절이 권절을 말리며 앞으로 나섰다.

"내가 날린 암기에 반응하는 진기라니… 이봐, 뭐라고 부르는 무공이지?"

코를 덮은 머리칼 사이로 안광을 내뿜는 호리호리한 체격의 사내, 암절이 용악에게 물었다.

"천마수."

용악은 순순히 대답해 주었다.

"천마수? 혈교의 삼대지보?"

"물론 그것도 있다. 여기."

용악은 투명해진 손을 들어 보이며 십절을 향해 흔들었다.

"그렇다는 말은… 천마의 무공인 천마수를 말하는 건가? 네가 천마가 아닌 이상 그럴 리는 없을 텐데?"

질문을 던진 사람은 암절이었다.

용악의 실력이 대단하다는 것은 직접 부딪쳐 봐서 잘 알지만 어느 정도인지는 알 수 없기에 시험을 해본 것에 불과했다.

"잘 아는군."

"……?"

"내가 천마다."

"……!"

처음엔 무슨 말인지 몰라서 어리둥절했던 암절의 표정이 완전히 굳어버렸다. 아니, 용악의 말을 들은 십절 전원의 안색이 그랬다.

천마라는 이름을 모르는 강호인은 없었다.

정파는 정파이기에, 사파는 사파이기에 모를 수가 없는 이름인 것이다.

사파의 절대자.

그 한마디로 모든 것이 대변되는 이름이 천마였다.

지금 용악이 그 천마를 자처했다.

욕설이 한 번쯤 나올 만도 하건만 십절의 입술은 굳게 닫힌 채 열리지 않았다.

"이봐, 주군께만 신경 쓰면 곤란하지. 나, 풍령 악승도 신경 써달라고."

십절의 분위기가 심상치 않게 변하자, 악승은 용악이 불러주길 기다리지 않고 스스로 나섰다. 관심을 돌리기 위해서였다.

악승의 거대한 배가 십절 앞에서 출렁거렸다.

"풍령 악승이라면 혈교의 십대마인 중 최고수라 불리던……."

용악이 천마라고 밝힌 직후이기에 외혁우의 눈이 예리하게 변했다.

"뿌하! 바로 그 풍령 악승이 이 몸이시지."

악승이 외혁우를 기특하다는 듯이 바라보며 고개를 끄덕여 주었다.

"장절, 상대로 어떠시오?"

외혁우가 장절을 돌아보며 물었다.

"크르르. 뜯어먹을 게 많아 보이는군."

장절이 혀를 날름거리며 악승의 몸을 훑어보았다.

악승은 장절의 눈빛이 전신을 훑자 떨떠름한 표정으로 용악에게 고개를 돌렸다.

"주군, 저 이리 같은 놈 좀 패고 오겠습니다."

말은 장난스럽게 했지만 악승의 목소리는 많이 가늘어져 있었다. 장절의 살기에 반응하는 악승의 자연스러운 변화였다.

악승과 장절은 이미 싸움을 시작했다.

장절의 혈랑들이 한 마리, 두 마리 모습을 드러냈다.

"갑시다, 장절."

악승이 막 장절을 향해 움직이려 할 때, 장절의 옆으로 한 명이 다가왔다. 남자답지 않게 야리야리한 모습의 은발사내였다.

"크르. 수절, 꺼져라."

"나도 그러고 싶지만 저자가 가라는 걸 어쩌겠나?"

수절이 눈짓으로 류절을 가리켰다.

"……."

장절은 살기가 담긴 눈으로 류절을 노려보고는 곧장 이리처럼 네 발로 땅을 박찼다. 곧이어 그 뒤를 수절이 뒤따랐다.

"이것들 봐라? 길도 모르는 손님을 이딴 식으로… 아주 죽고 싶어 환장을 한 놈이로구나."

악승은 못마땅한 눈으로 앞장서는 둘을 향해 한마디 건네고는 곧 뒤따라갔다.

'겉으로 보이는 것이 전부가 아니니…….'

용악과 혈마를 제외하고 악승의 진짜 실력을 알고 있는 유일한 사람이 악승이었다. 각 절들의 실력이 대단하긴 해도 악승이 마음 먹는다면 크게 염려할 것은 없었다.

연무장 뒤쪽의 널찍한 터로 자리를 옮긴 장절은 전신에 배어 있는 찐득한 살기를 뿜어내며 자세를 잡았다.

그러자 장절의 살기에 반응하는 혈랑들이 일제히 울부짖기 시작했다.

우우우우—!

혈랑들의 울부짖음은 장절의 살기를 배가시키는 효과가 있는지 사방이 붉게 변하는 것 같은 착각을 일으켰다.

그 음산함에 수절도 인상을 찌푸리며 한쪽으로 물러섰다.

"풉."

악승의 입에서 웃음이 튀어나왔다.

장절의 살기에 기가 눌리기는커녕 오히려 차분해지는 악승이었다.

육십 년 이상을 팔대마인으로 불리며 강호를 종횡하던 그에게 피는 옷이었고, 살기는 마시는 공기와 다름없었다.

당연히 웃음이 나올 수밖에 없는 것이다.

화악!

악승의 눈빛이 바뀌었다.

세모꼴 눈이 붉게 변하며 살기를 사방에 뿌려댔고, 전신에선 조금 전까지의 악승과는 전혀 다른 마인의 모습이 드러났다.

악승의 마기와 장절의 살기가 영역을 넓혀가며 가까워져 갔다. 두 기운은 충돌을 일으키기 직전이 되자 거의 동시에 자석이라도 된 것처럼 서로를 끌어당겼다.

날카로운 이빨을 들이밀며 장절의 추혼장이 악승의 마기를 물어뜯었다.

"카하!"

악승의 입에서 기괴한 웃음이 터졌다.

장절의 추혼장을 비웃는 웃음이 아니라, 오랜만에 느껴보는 강한 살기에 기분이 좋아진 웃음이었다.

악승의 웃음이 그친 것은 장절의 추혼장이 막 형태를 이루려 할 때였다.

기합과 함께 악승의 몸에서 폭풍이 일어났다.

폭풍은 다가오는 이빨을 튕겨냈다.

쿠쾅!

물려야 다음 공격이 가능한데 악승이 뿜어낸 폭풍은 물 수 없었다. 힘 한 번 써보지 못하고 장절의 살기가 힘을 잃었다.

"겨우 이 정돈가?"

악승은 가는 목소리로 반질거리는 볼을 자랑스럽게 부풀리며 웃었다. 기파만으로 그 유명한 추혼장을 떨쳐 낸 스스로가 너무도 기특한 모양이다.

"크르르."

장절의 얼굴이 붉어졌다.

악승의 말투가 귀에 거슬린 것이다.

본능과 본능의 대결에서 우위를 점하는 요소는, 어떻게든 살아남아야 한다는 강렬한 욕구였다. 그것은 지금까지 장절이 살아온 방식이기도 했다.

장절의 자세가 낮게 가라앉았다.

그러자 장절의 전신이 붉은빛을 띠었다.

혈랑들이 내뿜는 살기를 흡수하는 것이다.

"푸……."

악승의 볼이 줄어들며 소리를 냈다.

장절의 전신에서 뿜어지는 살기로 인해 퉁퉁한 몸 안에 가둬두었던 마기가 요동을 치고 있었다.

삼십 년 전만 해도 악승은 이렇게 뚱뚱하지 않았다.

혈마의 권유로 혈교를 떠날 때 일부러 살을 찌운 것이다.

"지옥을 한번 볼 테냐……."

악승의 입에서 거친 목소리가 흘러나왔다.

혈랑들로부터 살기를 흡수하던 장절조차 이채를 발할 정도로 듣기 거북한 목소리였다.

"크르… 보여다오. 지옥이 어떻게 생겨먹었는지 태어날 때부터 궁금했다."

장절 역시 지지 않고 대답했다.

본능적으로 서로가 만만치 않다는 것을 잘 아는 두 사람은 싸움이 오래가지 않을 것이란 걸 잘 알고 있었다.

장절은 흡수한 모든 살기를 양손에 모았다.

악승에게 추혼장을 먹이기 위해서는 먼저 그의 전신을 휘돌고 있는 폭풍의 기세부터 멈춰야 했다.

악승이 그런 장절의 의도를 모를 리 없었다.

풍령이란 별호는 그가 바람의 주인이란 뜻이었다. 지금은
그 바람의 일부를 가둬놓은 것이다.

바람이라고 다 똑같은 바람이 아니다. 계절에 따라, 위치에
따라 그 위력이 천지차이였다.

역륜(逆輪), 절린(切鱗), 승풍(昇風).

악승의 명으로 펼쳐질 바람의 무공들.

이 세 가지 비기가 악승의 명령을 기다리며 크게 성을 내고
있었다.

크르르르!

붉은빛의 장영들이 악승을 향해 밀려 나갔다.

그 하나, 하나에 담긴 거력은 악승의 상체를 밀어낼 정도였
다.

악승의 세모꼴 눈이 옆으로 돌아갔다. 같이 공격할 때가 되
지 않았느냐는 눈이었으나, 수절은 악승을 향해 웃기만 했다.

"픕."

악승은 웃으며 몸을 열었다.

거대한 배가 출렁임을 멈추고 악승의 키가 커졌다.

천산으로 들어가기 전의 악승은 마기가 너무 강해 한 번 기
세가 일어나면 제어를 하지 못했다. 그것을 극복한 것이 살을
찌우는 것이었다.

살을 찌우니 게을러졌고, 움직임을 자제하니 마기가 뇌까지

미치는 일이 거의 없어졌다.

그랬던 악승의 신경을 지금 장절과 수절이 건드렸다.

배가 홀쭉해지면서 악승의 마기가 급속히 확장되며 장절과 수절을 옭아들었다.

"이쯤에서 끝내야겠다. 주군을 오래 기다리게 할 수 없거든."

"크르… 개가 칭찬받으려면 그래야지. 돌아갈 수 있다면 말이다."

"쿡쿡쿡. 일어라, 바람."

악승이 손을 들며 일어난 풍령을 올렸다. 그러고는 더 커지게 만들어 그 속으로 손을 집어넣었다. 상식적으로 이해할 수 없는 광경이었다.

일으킨 풍령 속에 폭풍을 집어넣은 것이다.

풍령 안에서 빼낸 악승의 다른 손에는 미꾸라지 떼처럼 수많은 풍령이 엉겨 붙어 있었다.

"역류과 절린이다."

쿠오오!

악승의 옷자락이 펄럭이며 엄청난 소용돌이가 휘돌기 시작했다.

그제야 수절도 이상함을 느꼈는지 팔짱 낀 팔을 풀었다. 떨어져서 보는 그의 눈에 이번 한 번의 충돌로 싸움이 끝날지도 모른다는 생각이 든 까닭이다.

수절은 하얗게 변한 손을 든 채로 곧장 장절의 곁으로 움직였다.

쾅!

연무장 중앙에서 시작된 진동이 원을 그리며 퍼져 나갔다.

진동이 시작된 곳엔 용악이 서 있었다.

팔절의 공격은 빙절부터 시작됐다.

빙절은 발을 구른 직후 몸을 날려 용악에게 날아갔다. 한음투골조를 한계까지 끌어올린 그녀의 움직임은 표홀하기 그지없었다.

용악의 발끝에 하얗게 서리가 내려앉았다.

빙절의 입가에 조소가 피었다.

'둔하군.'

꼼짝 않고 있는 용악이 발을 제압당해서 그러는 것이라 확신한 것이다.

뒤이어 권절이 유리붕권을 산악과 같은 기세로 쏘아댔고, 암절의 귀영린이 그 뒤를 따랐다.

동시에 삼절의 공격이 이루어지자 나머지 오절은 흥미로운 눈으로 용악의 반응을 지켜봤다. 반응에 따라 더 공격할지 말지 결정하기 위해서였다.

쿠콰쾅!

땅이 꺼질 것 같은 엄청난 폭음이 터지며 삼절의 모든 공격이 용악의 몸을 때렸다.

"뭐지?"

외혁우가 인상을 쓰며 먼지 때문에 잘 보이지 않는 용악을 쳐다봤다. 그 자리에 있는지 아니면 나가떨어졌는지 확인하려는 것이다.

"확인할 것 없어요."

빙절이 외혁우의 궁금증을 풀어주었다.

"그래도……."

"그는 멀쩡해요."

"……?"

빙절의 황당한 대답에 외혁우가 눈을 빛내며 고개를 돌렸다. 빙절과 같이 공격했던 권절과 암절의 표정이 볼만했다.

"이런 말도 안 되는……."

평소 일권이면 태산도 박살 낼 수 있다고 큰소리치던 권절이 당황한 목소리를 냈다.

"…전부 적중했건만… 맨몸으로……."

암절이 권절의 말을 이었다.

먼지가 가라앉자 용악의 모습이 드러났다.

"허!"

외혁우의 입에서 탄성이 터졌다.

용악은 제자리에서 한 발자국도 움직이지 않았다.

"후… 완성되지 않아서 그런가, 좀 불편하기는 하군."

용악이 맞은 부위를 '툭툭' 두드리며 입을 열었다.

팔절의 인상이 험악해졌다.

삼절을 상대로 완성되지 않은 무공을 펼쳤다는 뜻이기 때문이다.

"그래? 그럼 완성된 무공을 펼치게 해주마."

성질 급하기로는 권절 못지않은 창절이 등에서 막대 두 개를 꺼내어 합쳤다.

창절이 손을 쓰는 것과 동시에 나머지 칠절도 움직일 기세였다.

하나일 때는 상대하는 것이 우습지도 않았다. 셋일 때도 천마벽을 시험해 볼 정도로 여유가 있었다.

그러나 여덟이 일제히 살기를 드러내자 날카로운 예기가 용악의 피부를 뚫고 들어오는 것 같았다.

여덟 명의 눈에 광망이 이글거렸다.

용악은 따끔거리는 몸을 슥, 쓸어내렸다.

본격적으로 천마신공을 사용할 생각이 든 것이다.

일흡의 무공을 완성해 본 용악이었으나, 천마신공을 익히기에는 아직 모자란 부분이 많았다.

조금 전의 격돌에서 천마벽을 사용한 것에는 이유가 있었다. 현재의 자신이 어느 정도의 천마벽까지 펼칠 수 있는지 알아야 했다.

공기는 무거워지고 예기는 더욱 날카로워졌으나 용악의 담담한 표정은 변하지 않았다.

외혁우는 용악이 등장하는 순간 뭔가 달라졌다는 것을 알았으나, 그렇다고 해서 죽이지 못할 정도는 아니라 여겼다.

자신을 포함한 팔절의 능력을 믿기 때문이다.

'우릴 깨뜨릴 자신이 있다는 거냐?

십천좌가 천산에서 내려오면 새로운 세상의 주인이 될 사람은 오직 십절 외엔 없었다. 그런 십절 중 팔절이 이 자리에 있었다.

당연히 저 자신감 넘치는 용악의 모습이 불편했다.

쾅!

전력을 다한 권절의 주먹이 용악의 가슴에 박혔다.

'아니다. 저놈, 권절의 주먹을 허용했다⋯⋯.'

외혁우는 용악을 때린 권절의 표정을 읽었다.

일그러지며 뭔가 잘못됐다는 표정.

창절도 그 표정을 읽었는지 곧장 단룡창의 꼬리를 놓아 용악의 목을 노리게 했다.

퍼— 엉!

용악이 손을 들어 단룡창을 잡았다.

콰콰콰콰쾅!

단룡창이 용악의 손으로 빨려 들어가자마자 폭죽처럼 터지는 불꽃들.

암절의 귀영린이 용악을 몸을 불태웠다.

그때, 용악에게서 누군가가 벗어났다.

'뱉어낸 건가?

외혁우는 용악의 둘러싼 마화(魔火)가 마치 악마의 입처럼 느껴졌다. 그 입이 권절을 뱉어낸 것이다.

빙절이 날아가는 권절의 등에 손을 대며 막아주려 했다.

"칫!"

권절을 막은 빙절이 밀리며 인상을 썼다.

권절을 뱉어낸 힘을 경시했던 빙절이 밀려난 것이다.

"그만 죽어주게, 청년!"

도절이 정구도를 펼치며 창절을 도왔다.

불타오르고 있는 용악의 전신을 수십 개의 정(井) 자가 난도질을 해댔다.

쫘르르룽― 쿠콰콰!

또다시 굉음이 일어났다.

"암절!"

외혁우가 암절을 부르며 달려갔다.

아직 공격하지 않고 있던 절들이 암절을 쳐다봤다.

암절이 귀영린을 펼친 손을 부여잡고 쓰러져 있었다.

"손이 왜 그런 것이오?"

외혁우는 암절을 부축하며 물었다.

"…귀영린이 놈의 몸에 닿는 순간 손으로 엄청난 힘이……."

"닿는 순간? 저 녀석이 허공을 격해서 펼치는 귀영린에 반탄력을 전했단 말이오?"

암절은 대답 대신 고개를 끄덕였다.

외혁우가 손을 놓으며 싸우는 곳으로 시선을 돌렸다.

주위가 온통 창절과 도절, 그리고 빙절의 창영과 도영과 수

영으로 가득했다.

'저런 공간에서 각 절들의 기운을 느끼고 반격까지 했단 말인가?'

놀람을 넘어선 경악에 가까운 일이 아닐 수 없었다.

단순히 십절 개개인보다 뛰어나다는 설명으로는 부족한 용악의 신위였다. 더구나 아직도 용악의 몸은 불타고 있었다.

'저 불꽃… 우리를 끌어들이기 위해 일부러 귀영린에 당한 것처럼 꾸민 것일지도……'

외혁우는 이내 고개를 흔들며 자신의 생각을 부정했다. 귀영린의 불꽃은 진기로 만든 암기로, 몸에 닿는 즉시 불꽃을 일으키며 기의 운용을 방해하는 것이 목적이었다.

그런 귀영린을 달고서 저토록 오래 버틴다는 것은 내공이 하늘에 닿지 않고서는 있을 수 없는 일인 것이다.

콰콰쾅!

엄청난 폭음에 외혁우가 고개를 돌리자, 용악이 서 있던 땅이 제멋대로 찢겨진 것이 보였다.

파이거나 웅덩이가 만들어진 정도가 아니었다.

수십 갈래의 길이 생겼고, 그곳에서 뜨거운 김이 피어올랐다. 얼마나 위력적인 공격이었는지 여실히 보여주는 모습이었다.

외혁우는 용악을 찾아 시선을 들었다.

쐐액!

허공으로 떠오른 용악의 목을 노리고 투명한 빛줄기가 쏘아
져 갔다. 빙절의 한음투골조로 만든 얼음덩이였다.

파슥!

용악의 손에 닿은 얼음덩이가 부러지며 이내 수증기로 화해
사라졌다.

그것은 빙절이 공격을 하기 전에 잡아두려는 일종의 미끼일
뿐이었다. 빙절은 이미 용악보다 더 높이 솟구친 채 한음투골
조로 얼굴을 긁고 있었다.

콰욱!

용악의 고개가 슬쩍 뒤로 젖혀졌다.

간발의 차이로 한음투골조가 지나갔다.

"칫."

빙절이 분한 표정이 됐다.

용악의 신형이 무서운 속도로 떨어져 내린 탓이다.

용악은 땅으로 내려오면서 조금 전에 공격을 펼친 자를 찾
았다.

창절과 도절의 공격을 막아내길 기다렸다는 듯이 무언가가
용악을 향해 폭풍처럼 몰아닥쳤다. 창절과 도절의 안위 따위
는 생각도 안 한 무지막지한 수법이었다.

땅으로 내려선 용악의 두 눈에 륜절이 들어왔다.

용악의 전신을 감싸고 있던 귀영린의 불꽃은 이미 사라지고
없었다.

귀영린이 아무리 뛰어난 암기라도 이화유능제를 펼치고 있

는 용악에게 무용지물이었다. 더구나 용악은 몸을 천마벽으로 보호하고 있었다.

"일부러 엇비슷하게 보인 건가?"

"네가 못 알아본 거겠지."

류절은 짜증스럽게 한마디 뱉었다.

처음엔 일곱 명이서 용악 하나 제압하지 못해 쩔쩔매는 꼴들이 가관도 아니라고 생각했으나, 용악의 신위를 본 뒤로는 생각이 달라졌다. 한시라도 빨리 처리하는 것이 급선무였다.

"모두 내 신호에 따라 움직이시오."

부탁이 아닌 일방적인 명령이었으나 칠절 중 누구도 이의를 제기하는 사람은 없었다.

"어째서! 너 같은 자가 있다는 것을 몰랐던 거지? 삼왕도 아닌 놈이 왜 갑자기 나타나서 일을 방해하느냔 말이다!"

류절은 증오에 찬 목소리로 소리쳤다.

"남의 물건 가로채고 주인이 달라니 외려 큰소리치는 건가?"

용악의 목소리는 차고 낮았다.

틈을 주고 싶어 준 것이 아닌데 교묘하게 파고드는 자들이었다.

"암절!"

류절의 말이 끝나기 무섭게 암절은 다친 것도 잊고 또다시 귀영린을 만들어내더니 그대로 용악을 향해 뿌렸다.

화르르!

귀영린이 용악의 전신을 감쌌다. 하나 이번엔 용악의 반응이 달랐다. 귀영린을 무시하고 곧장 암절의 얼굴을 잡아간 것이다.

"어딜!"

놀라는 암절을 보호하기 위해 권절과 창절이 용악의 손을 때리고 찔러왔다.

쾅!

용악의 손이 허공을 움켜쥐었다.

팔절 중 가장 빠른 신법을 가진 암절이 그 틈을 놓치지 않고 피한 것이다.

확실히 다르긴 했다.

그러나 이미 전부 죽이기로 마음먹은 후였다.

천마등등공을 펼친 용악의 신형은 이미 제자리에 없었다. 시선이 닿는 곳이면 어디든 이동이 가능한 신법이 천마등등공이었다.

"헉!"

안 그래도 용악에게 한 번 당한 뒤라 최대한 거리를 벌렸음에도 암절은 기함을 지르고 말았다.

움직인 것도 보지 못했는데 어느새 용악이 바로 앞까지 다가왔기 때문이다.

쉬악!

용악의 손이 암절의 얼굴을 다시 잡아갔다.

너무 무서우면 도망치고 싶어도 발이 안 움직인다는 말이 있다. 지금 암절이 그랬다. 피해야 한다고 머릿속은 계속해서 외치는데 발이 움직이질 않았다.

펵!

암절의 머리가 앞이 아닌 옆으로 '휙' 꺾였다가 되돌아갔다. 특별한 무공을 익히지 않은 이상, 인간의 뼈는 그 정도의 각도까지 꺾이면 부러질 수밖에 없었다.

"놈!"

암절의 다리가 풀리며 바닥으로 쓰러지는 모습을 본 창절이 단룡창 끝을 잡고 마구잡이로 흔들었다.

그것은 단룡창의 마지막 초식인 단룡비연으로, 창끝이 어디를 향할지 시전자 외에는 알 수 없는 지독한 환초였다.

쾌레렉— 콱!

용악은 다가오는 창을 끝까지 바라보다 마지막 순간 손을 뻗었다.

"누가 일대일로 싸우도록 놔둔다고 했느냐?"

"……!"

용악은 목소리가 들리자마자 곧장 몸을 틀어 단룡창이 목 뒤로 지나가게 만들었다.

쿠쾅!

바닥을 때린 도끼가 거대한 균열을 만들고는 튀어 올랐다. 만약 용악이 창절의 창을 잡았다면 등이 땅바닥처럼 변했을지도.

어느새 창을 회수한 창절이 뒤로 물러섰다.

까가각!

얼음 어는 소리.

빙절이 나설 모양이다.

그러나 용악의 눈은 빙절을 찾지 않았다. 이렇게 쉴 틈도 없이 공격을 해대는 데엔 이유가 있을 것이다.

류절이었다.

그가 마지막 공격을 준비하고 있고 나머지 육절이 그 시간을 벌어주고 있었다.

"후우……."

용악은 빠르게 숨을 몰아쉬었다.

천산에서 싸웠던 십천좌들과 비교하면 십절의 무공은 한참 낮은 수준이었다. 하나 여덟 명이 합치자 십천좌 한 명을 상대할 때만큼이나 호흡이 가빠졌다.

"지쳤구나."

류절은 용악이 빠르게 호흡을 들이마시는 것을 놓치지 않았다.

찰나 류절의 손에서 류이 떠났다.

광명법류.

용악은 류절이 사용하는 수법을 기억해 냈다.

류좌가 펼쳤을 때는 소리도 나지 않았다.

용악의 눈이 번쩍였다.

차크— 앙!

류 두 개가 용악의 양손에 잡혔다.

그리고 무언가 용악의 어깨를 지나갔다.

류절은 회심의 미소를 짓고 되돌아오는 류를 받기 위해 신형을 띄웠다.

그 순간, 용악은 잡고 있던 류를 류절에게 던졌다.

"……!"

손이 잘릴 줄 알았던 류절에게 용악의 멀쩡한 손은 충격이 아닐 수 없었다. 하나 더욱 충격적인 상황은 그 뒤에 이어졌다.

불쑥.

류를 받아 들던 류절의 눈에 용악이 나타난 것이다.

"어떻게……."

"천마등등공을 펼치는 내게 거리는 무의미하다."

용악이 놀란 얼굴의 류절을 향해 손을 뻗었다.

그때, 미약한 음향과 함께 무언가 차가운 기운이 용악의 뒤통수 쪽으로 빠르게 다가왔다.

스스슷—

용악은 소리의 정체가 무엇인지 알기 위하여 돌아보지도 않고 날아가던 자세를 뒤집어 류절을 그냥 지나쳤다.

쩌저저— 쩡—!

용악을 노렸던 한음투골조가 방향을 틀어 류절의 주위를 얼려 버린 것이다.

류절의 눈에 안도의 빛이 흘렀다. 하나 피한 줄 알았던 용악의 신형이 허공에서 백팔십도 방향을 틀며 그대로 류절을 향해 쏘아졌다.

"헛!"

류절은 짧게 신음을 터뜨린 후 피하려 했지만 용악의 신형은 공간을 점으로 이동했다.

선이 아닌, 점.

그것은 공간과 공간 사이를 잇는 따위의 개념이 아니라, 공간 자체를 건너뛴 것처럼 보였다.

류절이 돌아섰을 때 용악은 거리를 반으로 줄였고, 거리를 확인하기 위해 돌아봤을 때는 이미 손이 가슴에 닿아 있었다.

"하아……."

류절의 입에서 허무한 한숨이 흘러나왔다.

퍽!

용악의 손이 류절의 가슴에 닿으며 뼈를 부러뜨렸다.

거기서 손을 튕겨내면 류절은 살 수 있었다.

그러나 류절의 기대를 용악이 들어줄 리가 없었다.

팔절 중 가장 강한 자를 제압한다는 것이 싸움에서 얼마나 득이 되는지 잘 아는 까닭이다.

꽈득!

기분 나쁜 음향이 류절의 몸 안에서 일어났다.

침투된 이화유능제가 류절의 몸을 휘젓는 소리였다.

"이제 좀 쉬워지려나."

용악은 간절한 눈빛을 보내는 류절을 외면하고 손을 떼어냈다.

툭.

바닥으로 쓰러진 륜절의 몸에서 곧바로 뼈 뒤틀리는 소리가
이어졌다.

우드득!

암절에 이은 두 번째 죽음이었다.

여덟에서 둘이 빠지자 꽉 차 보이던 연무장이 한산해진 것
같았다.

"이젠 좀 편하게……."

용악은 말을 멈추고 대전 위쪽 지붕으로 고개를 돌렸다.

아무도 없었다.

'분명 누군가 움직인 것 같았는데.'

육절을 돕는 자들이 더 있다는 생각에 알아보려 했지만, 눈
앞의 육절부터 처리하는 것이 급선무이기에 신경을 끊었다.

第九章
그런 건 나와 상관없다

천산마제

십인회 총단의 연무장이 한눈에 보이는 대전 위.

류절과 함께 왔던 천급 좌위 둘이 몸을 낮춘 채 숨을 죽였
다.

"우리가 이곳에서 지켜보고 있었던 것을 본 건가?"

궁 좌위는 긴장된 눈으로 육 좌위를 돌아봤다.

"알았다고 해도 육절에 둘러싸인 이상 벗어나진 못할 것 같
다."

"육절은 모두……."

"죽겠지."

"대인께서 공들인 십 년이 날아간 건가?"

"어차피 우리가 나서도 저자를 죽일 수 있다는 보장은 없다.

삼왕을 끌어내고자 준비한 안배가 저런 듣도 보도 못한 놈 하나로 무너질 줄은 생각도 못했다."

"저자… 전력을 다한 것도 아니었다. 천급 좌위 열 명이 붙는다고 해도… 아니, 저자를 삼왕과 같은 반열에 올려놓아야 할지도 모르겠다. 천마의 무공이 세다고 알고는 있었지만 저 정도일 줄이야."

"서둘러 대인께 돌아가자."

"가야지."

궁 좌위는 조금 전 용악과 눈이 마주쳤으면 어떻게 됐을지 생각해 보았다.

'류절과 같았겠지.'

위안을 삼으려 한 생각이 아니라 지켜본 용악의 무공으로는 충분히 그렇게 될 수 있었다. 이내 두 천급 좌위는 자리를 떠났다.

*　　　　*　　　　*

퍽!

창절은 옆구리가 으스러지는 고통을 참으며 용악의 손을 잡았다.

"권절!"

용악의 팔을 잡았으니 부러뜨리라는 외침이었다.

일제히 나머지 절들이 달려들었다.

"중심이 무너진 건가?"

용악은 류절이 있을 때와 없을 때의 차이를 온몸으로 느꼈다. 압박도 줄어들었고 공격도 정교하지 못하고 어수선했다.

쾅!

"……!"

용악의 신형이 앞으로 쏠렸다.

달려드는 자들만 생각하고 있다가 등 뒤를 노리는 공격은 생각지도 못한 것이다.

"지친 건 우리만이 아닌 모양인데?"

지금까지 가장 공격 횟수가 적었던 외혁우는 되돌아오는 도끼를 받아 들며 웃었다.

콰쾅!

중심이 앞으로 쏠리는 와중에도 용악의 손은 쉬지 않았다. 기가 느껴지는 방향으로 몸을 틀며 천마십이수를 연속으로 전개하여 막은 것이다.

용악은 천마벽으로 몸을 보호하고 있었기에 다치거나 하진 않았다. 하나 외혁우를 제외한 오절의 공격을 막기 위해 필요 이상의 힘을 쓴 것은 사실이었다.

아직은 천마벽, 천마수, 천마등등공보다 일홉의 무공이 익숙해서 그럴지도 몰랐다.

"그 말 하려고 고양이처럼 움직인 거냐?"

용악은 허를 찔렸다고 여기는 외혁우의 표정을 보며 '픽' 하고 웃었다.

소리도 적당히 질러야 목이 무사할 수 있다. 처음부터 악을
쓴 사람이 끝까지 그 소리를 유지하기란 어지간히 강한 성대
가 아니면 힘들다. 아니, 강한 성대를 가져도 배에서 나오는 목
소리를 따라갈 수는 없다.

십절과 용악의 힘의 원천이 그랬다.

십절은 악만 써대니 이내 목이 쉬었고, 용악은 살짝 뱃가죽
이 당기기는 하지만 큰 무리는 없는 것이다.

용악은 외혁우에게서 눈을 떼고 재빠르게 장내를 돌아보았
다.

아직도 여섯 명이 남았다.

"불과 반년 만에 이 정도로 실력이 늘었을 리는 만무하고.
기연을 얻은 건가, 아니면……."

"다쳤었지."

"다, 다쳤었다고?"

"너희들이 흉내 내려는 자들과 좀 심하게 싸웠거든."

"우리가 흉내……."

외혁우는 용악의 말을 따라 하다 멍한 표정을 짓고 말았다.
십절이 흉내 내려는 자들이 누구인지 굳이 생각할 필요도 없
었기 때문이다.

"자네… 혹시 천산에 가본 적이 있나?"

외혁우의 입에서 조심스럽게 말이 나왔다.

말도 안 되는 생각이 머릿속을 지나간 까닭이다. 십천좌와
싸웠다면, 그 말이 사실이라면 천산마제에 대해 알지도 모른

다는 생각이.

"그곳에서 십 년을 살았다."

"십 년… 그… 그러니까……."

외혁우는 말을 더듬었다. 말도 안 되는 질문을 해야 하는 자신이 어리석게 느껴진 것이다.

"천산마제에 대해 묻는 건가?"

"……!"

"나도 들은 얘긴데……."

"아…….

들었다. 그것은 적어도 용악이 천산마제와 관련이 없다는 뜻이고, 안도해도 된다는 말이었다.

"내가 그렇게 불리고 있더군."

"……!"

"천산마제가 나라고 하더군."

"……!"

경악에 이어 입이 저절로 벌어지는 외혁우를 보고 오절이 모여들었다.

"부절, 왜 그러시오?"

"…….

"저놈이 천마인 건 이미 들었으면서 새삼 놀라기는."

오절이 저마다 외혁우의 표정을 보며 인상을 썼다. 류절의 빈자리를 맡아줘야 하는 외혁우가 정신을 엉뚱한 곳에 팔고 있었기 때문이다.

"그… 그분들을… 검왕과 함께… 막은…. 그… 천산… 마제……?"

외혁우는 용악 스스로 천산마제라고 밝힌 이후로 한 번도 눈을 깜빡이지 않았다.

십천좌가 천산을 내려오지 못한 이유를 누구보다 잘 아는 그이기에 용악의 정체를 들은 순간 굳어버리고 만 것이다.

그러다 용악이 조금 전에 했던 말이 떠올랐다, 다쳤었다는.

"전부 회복된 건가?"

"너희들을 모두 처리하지 못한 걸 보면 아직은 좀 남은 것 같네."

용악은 순순히 대답해 주었다.

진실이었으나 외혁우는 용악의 말을 곧이곧대로 믿을 만한 자가 아니었다.

그것이 외혁우와 같은 자들의 한계였고, 용악과 외혁우의 차이였다.

"솔직히 네 정체를 알기 전이었다면 네가 들어올 때까지 기다리지 않았을 것이다. 하나 이미 들어온 이상… 네가 죽든, 우리가 죽든 결판을 내야 한다."

"친절하다고 해야 하나, 멍청하다고 해야 하나. 적이 눈앞에 있다. 그런데 이렇게 마냥 기다리게 할 테냐?"

불쑥, 외혁우의 말이 이어지길 기대해야 하는 용악이 말을 끊으며 끼어들었다.

"눈앞에 적이 있다. 기다리게 할 테냐?"

외혁우를 포함한 육절의 표정이 굳어지며 용악을 노려봤다.

용악 덕분에 머릿속이 깨어진 것이다.

그랬다. 자신들은 십절이었다. 십천좌의 무공을 익힌 특별한 존재들.

원래대로라면 외혁우는 용악에게 저렇게 쉴 틈을 주어선 안 됐다. 몰아붙일 데까지 몰아붙여서 죽여야 했다.

"기다리게 해서 미안하구나. 죽어!"

제일 먼저 용악에게 달려든 자는 창절이었다.

단룡창이 이무기처럼 전신을 흔들며 용악의 목젖을 파고들었다.

쾌애액!

단룡창이 공기를 찢어발기며 요동을 쳤다.

전력을 다한 공격이란 것을 굳이 받아보지 않아도 알 수 있었다. 한데 용악의 시선이 위로 향했다.

허공에서 도절이 정구도를 연속으로 펼치며 용악의 머리를 잘라왔다. 이어서 빙절은 용악의 손발을 향해 투명한 얼음 실을 마구 풀어댔다.

"후웁!"

권절이 크게 호흡을 들이마신 후 양 주먹에 진기를 집중시켜 그가 낼 수 있는 모든 힘을 일시에 폭발시켰다.

과우우우웅!

누가 조율을 한 것도 아닌데 순차적이면서도 완벽하게 호흡을 맞추고 있었다.

오직 부절만이 망설이며 손을 쓰지 않았다.

"부절!"

검절이 운외반간을 펼치며 소리쳤다.

그제야 외혁우도 육부절의 일부일혈을 펼치며 뒤따라갔다. 가장 늦게 움직인 덕분에 외혁우는 용악의 동작을 자세히 볼 수 있었다.

용악은 창절의 단룡창이 날아오는 것을 빤히 보면서도 움직이지 않다가 마지막 순간에 손가락으로 창을 잡았다.

요동치던 단룡창의 움직임이 멈추었다.

창끝과 창대 사이의 진기를 일시적으로 끊은 것이다.

그러나 창절의 창끝이 멈추진 않았다.

창절은 십절 중 한 명이었다. 잠시 끊은 것 정도로는 움직임을 제지시키지 못했다. 창절의 손끝을 통해 진기가 다시 채워졌고 끊어진 창끝의 진기는 다시 살아났다.

"거기까진 안 되는 건가……."

알 수 없는 혼잣말과 함께 용악은 창절의 창끝을 잡고서 가볍게 옆으로 밀었다.

과우— 웅!

곧바로 다가오는 강기가 실린 권.

용악은 몸을 사분지 일 정도 틀어 권을 피했다.

후악!

권강을 둘러싼 기운이 용악의 얼굴로 '확' 달려들었다. 순간, 용악의 상체가 무너지듯 아래로 떨어지며 기운을 피해냈다.

권강에 정통으로 맞아도 무사할 것 같은 괴물이 기이한 반응을 보이자 나머지 절들이 눈을 빛내며 더욱 거세게 공격을 가했다.

'너무도 유연한 반응이다.'

유일하게 외혁우만이 용악의 행동을 다른 눈으로 바라봤다.

천산마제라는 사실을 몰랐을 때는 외혁우 역시 다른 절들과 마찬가지로 달려들었을 테지만, 지금은 달려들기보다 왜 저런 행동을 했는가에 더욱 관심이 갔다.

'저런 식의 공격으로는 그분들을 물러서게 만든 천산마제에게 타격을 줄 수 없다.'

십천좌들은 외혁우와 비교 가능한 존재들이 아니었다.

그런 자들과 싸우고도 멀쩡한 인간 같지 않은 자.

외혁우는 한 번도 느껴보지 못했던 기분이 들었다.

들고 있는 도끼도 무거웠고 공격할 마음도 생기지 않았다. 그만큼 천산마제란 이름은 외혁우를 혼란스럽게 만들었다.

싸워봤자 안 될 거란 생각이 드는 동시에 암절과 륜절의 뼈가 부러지는 광경이 떠올랐다.

쾅! 콰쾅!

'······!'

외혁우는 폭음에 놀라 눈을 부릅뜨며 재빠르게 주위를 돌아
봤다.

오절이 쉴 새 없이 용악을 몰아붙이고 있었다.

경기와 경기가 충돌하고, 땅이 파이고, 벽이 무너져 갔다.

힐끔.

용악의 시선이 좌측으로 돌아갔다.

외혁우는 일부일혈을 펼치려다 용악과 눈이 마주치자 맥이
탁, 풀리고 말았다.

텅!

용악은 무의미하게 다가오는 외혁우의 도끼를 튕겨내 버렸
다.

"…그랬군."

용악은 제대로 서지도 못하고 밀려가는 외혁우를 보며 희미
하게 웃었다.

그 모습을 본 권절이 눈에 불을 켜며 양 주먹을 교차시켜 날
렸다.

"언제까지 여유있는 척할지 보마!"

쾅!

"헉!"

권절은 양어깨가 확, 밀리는 것을 느끼며 눈을 크게 치떴다.
잠깐 사이 용악을 놓치고 말았기 때문이다.

"잠시 생각할 것이 있어서 그랬다."

"……!"

용악의 목소리에 놀란 권절이 다급히 양쪽으로 권을 날리며 자리를 피했다.

"오라고 할 때는 언제고, 왜 그리 허둥대지?"

용악은 권절이 어깨를 움츠릴 때 천마등등공으로 사각지대인 대각선 방향을 이용해 이동한 후, 권절의 옆까지 순식간에 다가왔다.

"생긴 것과 다르게 꽤나 집중력이 좋더군."

'집중력?'

권절은 용악의 말을 이해하지 못해 인상을 썼다.

당연한 것이, 그저 가까워서 노린 것이라고 해도 될 것을 둘러댔기 때문이다.

그러나 용악이 권절을 노린 것은 집중력 때문이었다.

암절과 륜절을 처리한 용악이 육절의 공격을 피하기만 한 이유가 여기에 있었다.

여덟 명일 때는 피하거나 때리느라 생각지도 못했던 사실을 문득 떠올리게 된 것이다. 바로 육절의 진짜 실력에 대해.

십절 중 륜절이 가장 강했다.

그 이유를 조금 전, 외혁우의 방만한 공격과 권절의 집중력 강한 공격으로 알게 됐다.

십천좌의 무공은 집중력이 높은 사람에게 유리하게 만들어진 것이 분명했다.

기타 무공도 마찬가지겠지만 특히나 십천좌의 무공은 유별나게 그 점에서 차이가 났다. 권절의 공격은 시간이 지날수록 강해진 반면, 외혁우나 다른 절들의 공격은 위력을 잃어갔다.

그 차이, 다른 절들과 권절의 차이.

외혁우와 다른 절들은 용악의 눈치를 보기에 바빴으나 권절은 오직 공격에만 신경을 쓰고 있었다. 다른 절들은 방어를 염두에 두고 움직였으나 권절은 방어 따위는 애초에 생각도 하지 않았다.

실제로 예리함이 사라진 창절의 공격은 용악이 가볍게 흘려 버릴 수 있었다. 하나 권절의 공격은 처음의 힘을 잃지 않고 용악으로 하여금 피하기까지 하게 했다.

그래서 권절을 노린 것이다.

"죽이는 것과 이기는 것은 다르다."

죽이려면 언제든지 죽일 수 있었다는 무언의 위엄이 용악의 전신에 흘렀다.

쾅!

"컥!"

권절은 아무것도 볼 수 없었다.

날아가는 순간까지 용악을 쳐다봤으나 용악은 자리에서 한 걸음도 움직이지 않았다.

'내가 어디를 맞았……'

의식을 잃어가는 권절의 머릿속이 고통을 느끼는 부위를 찾으려 했다. 하지만 머리부터 땅에 박혀 버린 그의 뇌는 이내 노력을 할 수 없었다.

"……!"

이제 다섯이 된 오절 중 누구도 공격할 생각을 하지 못했다. 움직이면 바로 표적이 된다는 것을 잘 알기 때문이다.

정적이 흘렀다.

용악의 몸이 천천히 돌아섰다.

"아, 저거? 천마수를 응용한 거야. 어느 한 부위를 때리는 것이 아니라 전체를… 이렇게……."

용악이 오절이 아닌 멀쩡한 벽을 향해 손을 휘둘렀다.

쾅!

벽이 터져 나갔다.

정확히 위아래가 일치할 것 같은 사각 모양으로.

"어때? 너희들 덕분에 새로운 무공을 만들었다. 생각한 대로 무형의 기를 조절하게 된 거지."

"새, 생각한… 대로……."

"그래. 생각한 대로."

잠깐의 침묵.

팟!

오절이 간격을 늘리며 용악을 에워쌌다.

눈에 보이는 것을 그대로 구현해 낼 수 있는 무공이라면 안 보이면 되기 때문이다.

"그럼 더 불리할 텐데?"

용악의 입가에 또다시 희미한 미소가 그려졌다.

여덟 명이 합공해도 안 되는 상대를 오절은 일대일로 싸우는 방법을 선택했다.

*　　　*　　　*

소모품 몇몇이 담을 넘었다.

그것은 본능이라고 해야 옳았다.

용악의 싸움을 지켜보던 소모품들이 십절의 패배를 예감하고 연무장을 벗어나려 하는 것이다.

그들은 십천좌의 무공을 겉핥기식으로 배운 것뿐 강시처럼 명령에 의해서만 움직이는 자들이 아니었다.

곧 몰아닥칠 폭풍을 예감한 것일지도 몰랐다.

십인회 총단이 사라질지도 모른다는.

소모품들은 담을 넘어 총단 밖으로 뛰쳐나갔고 그들을 기다리고 있는 여의칠기군과 맞닥뜨렸다.

여의칠기군은 용악에 비하면 아무것도 아니었다. 적어도 용악과 팔절의 싸움을 본 소모품들에겐 그렇게 여겨졌다.

"저, 저런……!"

여의칠기군의 선두에 선 조장들의 입에서 다급한 외침이 터졌다.

담을 넘은 소모품들이 여의칠기군 안으로 들어와 마구 공격을 퍼부었기 때문이다.

당황한 여의칠기군은 순간적으로 진열이 흐트러졌고 절망의 신음이 계속해서 이어지고 말았다.

여의칠기군의 대부분은 구대문파 출신이 많았다. 당연히 일정 이상의 능력을 지닌 무인들이었다. 하나 소모품들의 무공은 상식을 벗어난 상태였다. 무조건 도망쳐야 한다는 그들의 생각이 손속에 일말의 망설임도 없게 만들었기에 당해낼 수가 없었다.

쩡! 후드득!

"정신 차려! 저놈을 잘 봐. 보이지? 저놈은 오직 찌르기밖에 할 줄 몰라. 피하고 나서 측면을 노려!"

항예연은 덤벼드는 소모품 한 명을 얼려서 깨뜨려 죽인 후, 궁에서 데려온 부하의 머리채를 움켜쥐며 소리쳤다.

말도 안 되는 싸움이었다.

항해민으로부터 어릴 때부터 수련을 받은 그녀의 눈에는 소모품들의 공격이 모두 보였다. 기세를 제외하면 무서운 공격도 아니었는데 여의칠기군은 제대로 방어조차 하지 못했다.

그것이 화가 머리끝까지 치밀게 만들고 있었다.

"잘 봐! 저놈들은 공격만 할 줄 안다. 피하기만 하면 너희들이 유리해!"

여의칠기군들도 들을 수 있게끔 크게 소리쳤다.

항예연의 외침 때문인가?

당하기만 하던 여의칠기군들의 움직임이 빨라졌고 비명 소리도 한층 작아졌다.

"여의칠기군의 무서움을 보여주어라!"

여의칠기군 중심에서 한 인영이 떠오르며 외쳤다.

사마화인이었다.

'저렇게 멋진 사람이…….'

항예연은 사마화인을 보며 낮게 한숨을 내쉬었다.

사마화인의 외침이 있은 후 여의칠기군의 움직임이 눈에 띄게 달라졌다.

위기감을 느꼈는지 소모품 중 몇몇이 허공으로 뛰어오르며 무인들의 머리를 밟고 이동하려 했다.

오래갈 수가 없는 행동이었다.

소모품들은 얼마 가지 못해 여의칠기군들의 손에 발목이 잡힌 채 땅으로 떨어졌다. 같은 현상이 곳곳에서 일어났다.

사기가 진작되자 안 보이던 소모품들의 동작이 보였고 그것을 막기까지 했다. 죽음을 앞 다투는 곳에선 의지만으로도 생각이 전달되는 모양이다.

"그자가 분위기만 망쳐 놓지 않았어도 이렇게까지 될 일이 아니었는데."

항예연은 입술을 깨물어 용악을 떠올렸다.

모든 것이 용악 때문인 것이다.

항예연이 갑자기 시선을 십인회 총단으로 돌렸다.

"내 눈으로 봐야겠어, 안에서 뭘 하는지."

용악만 아니었다면 십절을 불러내 벌써 끝장을 봤을 테고 그렇게 되면 여의칠기군의 무인들이나 빙궁의 부하들이 죽지 않아도 됐다.

용악은 그것에 대한 책임을 져야 했다.

항예연은 곧장 신형을 날렸다.

"여, 연아, 어딜 가는 거냐!"

항해민은 항예연이 나설 때부터 인상을 쓰고 있다가 갑자기 항예연이 신형을 날리자 기겁을 하며 불렀다. 하나 항예연은 못 들은 척 십인회 총단의 정문을 향해 계속 움직였다.

쉭.

항해민은 전력을 다해 신법을 펼쳤고 항예연이 정문을 넘기 직전에 붙잡을 수 있었다.

"혼자 들어가서 뭘 하려고?"

항해민이 항예연의 손을 잡으며 밑으로 내려왔다.

"그자가 안에서 뭘 하는지 봐야겠어요."

"사마 총령도 가만히 있는데, 네가 왜?"

"사마 총령은 그자를 인정했는지 모르지만 저는 아니에요. 제겐 빙궁 식구들이 위험해지지 않게 할 책임이 있어요."

"허! 그건 이 할아비가 알아서 하마."

"할아버지, 제게 그러셨잖아요. 저도 충분히 한몫할 역량이 된다고요."

항예연이 답답함을 토로하며 언성을 높일 때였다.

"항 소저, 할아버지 말씀 들으세요."

사마화인도 항예연이 담을 넘는 걸 봤는지 한달음에 달려왔다.

"잘 왔네, 사마 총령."

항해민은 사마화인을 발견하고 반색했다.

"총령께선 분하지도 않으세요?"

항예연이 대뜸 질문부터 던졌다.

"예?"

"그자가 나올 때까지 기다리는 게 분하지도 않느냐구요. 나
같으면……."

항예연은 마치 자신이 당한 일이라도 되는 것처럼 씩씩댔
다.

"…분하죠."

사마화인은 순순히 인정했다.

용악에게 두 번이나 밀렸으니 분하지 않다면 거짓말이었다.
하지만 이번엔 왠지 처음보단 많이 흥분되지 않았다. 용악이
이미 넘어서기 힘든 곳까지 올라갔음을 알게 된 까닭이다.

항예연은 사마화인의 짧은 한마디를 듣고 나자 딱히 말을
잇지 못했다.

'무슨 말을 해도 이 사람에겐 도움이 안 되려나…….'

그냥 그렇게 느껴졌다.

그때였다.

콰콰콰!

"이놈들!"

우렁찬 목소리와 함께 여의칠기군 곳곳에서 화염이 이글거
리며 타올랐다.

"염제?"

항해민은 화염을 만들어낸 주인을 알아봤다.

반가운 마음에 소리쳐 부르려다 염제의 뒤에 있던 노인을

발견했다.

노인은 항해민과 눈이 마주치자 등 뒤에서 무언가를 날리고 는 허공으로 몸을 솟구쳤다.

검은 도.

노인이 날린 것은 묵도였다.

노인은 그것을 타고 순식간에 여의칠기군을 지나 항해민 등 이 있는 곳으로 날아왔다.

"도, 도왕께서 이곳을?"

항해민의 입에서 염제를 알아봤을 때보다 백 배는 큰 목소 리가 흘러나왔다.

"허허허. 빙제도 함께 계신 줄 알았으면 이리 서둘 이유도 없었던 것을."

도왕은 묵도를 허공에 정지시킨 뒤 사뿐히 땅으로 내려섰 다. 그러고는 손을 뒤로 해 묵도를 받았다.

화려한 등장이었다.

항해민 등은 물론이고 싸우던 모든 사람들이 도왕에게 시선 을 집중했다.

"허허허."

도왕은 만족스러운 웃음을 지었다.

이런 상황이야말로 도왕이 바라던 바였기 때문이다.

화르륵!

소모품 중 몇 명이 덤벼들었다가 염제의 염화에 의해 전신이 타버렸다.

염제는 도왕의 앞을 가로막는 것들을 모조리 태워 버렸다. 뒤에서 지켜보는 사람들은 그런 염제의 충성이 의아하기만 했다.

"허허허. 염제, 그만 하시게. 다른 사람 눈도 생각해야지."

도왕은 염제를 부려먹는 것이 못내 미안한 표정으로 만류했으나 그럴수록 염제의 염화는 더욱 지독해졌다.

염제가 설칠수록 항해민은 마음이 안 좋았다.

'염제 때문에 이거 가만히 있기도 뭐하고……'

항해민은 어쩔 수 없이 손을 휘저었다.

염제의 염화를 끄는 데엔 그의 빙백신장이 최고였다. 염제는 염화를 일으켜 불태우고 항해민은 그것을 꺼주었다.

도왕, 염제, 항해민 조손, 사마화인.

십인회 총단 안으로 들어온 사람은 오직 다섯뿐이었다. 그럼에도 중문까지 가는 도중까지 무려 사오십 명 가까운 소모품들을 처리했다.

"역시 빙제십니다. 예전에 봤을 때보다 더 강해지신 것 같습니다."

사마화인이 염제의 염화에는 아무 말 않다가 항해민이 손을 쓰자 칭찬을 아끼지 않았다.

분위기가 묘하게 흘러간 까닭이다.

염제는 도왕을 위해 손을 썼지만 항해민은 그렇지 않다는 것을 나름 알려준 행동이었다.

"허허허. 저 벽에 누가 장난을 했군. 저렇게 밋밋하면 보기 안 좋지."

사마화인의 말이 끝나자마자 도왕은 아수라상이 사라진 벽을 쳐다봤다. 다들 무슨 일인가 쳐다볼 때, 그곳을 향해 슬쩍 손을 휘저었다.

그러자 벽에 글자가 드러났다. 애초에 있었던 글자를 밖으로 끌어내기라도 한 것처럼 '멸(滅)'이란 글자가 나타난 것이다.

"금지된 무공이라니. 그런 걸 익힌 자들의 최후는 항상 저렇게 되는 법이지."

도왕은 사마화인이 묻지도 않은 것에 대답을 해주었다. 그러고는 사마화인을 물끄러미 바라봤다. 칭송을 하라는 뜻이었다.

"아! 도왕 덕분에 미숙한 제 눈이 호강을 하게 됐습니다. 도왕과 오악무제의 두 분이 함께 계신다면 당연히 그렇게 되겠지요."

사마화인은 도왕만이 아닌, 자리에 있는 염제와 빙제를 향해 일일이 예를 갖추었다.

"허허허. 별말을 다 듣겠군. 어서 가세나."

도왕은 사마화인의 태도가 썩 만족스럽지는 않지만 그나마 참아줄 만했던지 웃으며 넘어갔다.

도왕이 돌아선 순간, 사마화인과 항해민이 서로를 마주보았다. 도왕이 왜 저런 행동을 했는지 알 것 같은 두 사람의 마음이 통한 것이다.

"저……."

바른말 잘하는 항예연이 뭐라고 입을 열려 하자, 항해민이
재빨리 끌어당기며 고개를 가로저었다.

"왜요?"

"아직 처리할 놈들이 많은데 우리끼리 대화할 시간이 어디
있느냐. 자, 어서 가서 빙궁의 재녀 항예연이 왔다는 걸 알려주
려무나."

항해민이 농담처럼 말을 하자 항예연도 더 이상은 말하고
싶지 않은지 정면을 바라보았다.

막 다섯 사람이 가로막은 문을 열려 할 때였다.

콰콰콰—!

안쪽에서 거친 폭음이 터졌다.

도왕은 문 앞에서 뒤를 돌아봤다.

"총령, 누가 살아남았을 것 같나? 자네가 말한 그자인가, 십
절이란 자들인가?"

도왕의 갑작스런 질문에 사마화인은 대답을 못했고 다른 사
람들도 도왕이 왜 저런 질문을 했는지 의아하게 바라보기만
했다.

"어떤 자인지 몰라도 혼자서는 살아나긴 힘들 것 같습니다.
도왕께서도 이미 보셨잖습니까? 겨우 넷을 제가 감당하기 힘
들었습니다."

염제는 진솔한 성격답게 신강에서 있었던 일을 스스럼없이

밝히며 십절의 승리를 예견했다.

"넷… 이라니요?"

사마화인이 눈을 빛내며 물었다.

여의단의 정보력에 걸리지 않은 얘기에 놀란 것이다.

"넷이었네. 그들은 십인회와 관계가 없다고 했지만 사용하는 무공이 똑같더군. 도왕의 도움이 아니었다면 큰 낭패를 당할 뻔했지."

'염제께서 겨우 네 명에게 곤란을 겪으셨다고? 십절 중 넷이 그곳으로 가기라도 했단 말인가? 그렇다면 저 안에 있는 자들은 뭐지?'

사마화인의 표정이 심각해졌다.

십절은 이곳에 모여 있는데 염제를 공격한 자는 따로 있다? 만약 그렇다면 십절만 한 고수들이 더 있다는 소리였다.

"할아버지?"

항예연이 항해민을 돌아보며 할 말이 있지 않느냐는 눈으로 쳐다봤다. 항해민은 애써 외면하려 했지만 이미 다른 사람들의 시선은 항해민을 향해 있었다.

"그들은 내게도 왔었네."

"……!"

염제에 이어 항해민에게까지 갔다?

사마화인은 갑자기 머릿속이 복잡해졌다.

염제와 빙제를 찾아갔다면 나머지 삼악무제들에게도 갔을 것이다.

"혹……."

"허허. 없는 자들에 대한 얘기는 나중으로 미루고. 총령, 자네의 표정을 보니 십절이란 자들만 남겠군, 그런가?"

도왕은 웃음으로 말을 끊고는 하고 싶은 얘기를 다시 이어 갔다.

"아마도… 하나, 단정 짓기는 힘들 것 같습니다. 그 사람도 워낙 고수라……."

"상당한 마기가 이쪽으로 다가오고 있어서 하는 말일세. 그 것도 둘이나."

도왕의 말이 끝나자마자 염제와 항해민도 무언가를 느낀 것처럼 기세를 일으켰다.

"도왕의 말씀대로네."

"마기가 분명하네."

염제와 항해민이 동시에 말했다.

* * *

쿵.

용악은 제자리에서 발을 굴렀다.

굳이 기회를 줄 이유는 없었으나 무공만을 놓고 평가하면 오절은 그 정도의 예우를 받을 정도는 됐다.

나직하게 울린 진동음이 오절을 뚫고 연무장 저 끝까지 퍼졌다.

풀썩.

기침처럼 바닥이 일어났다.

쏴아아.

기침이 모여 연무장 안으로 바람이 모이도록 했다.

오절의 시선은 한순간도 용악에게서 떨어지지 않았다.

쿠구구!

바닥이 일어났다.

네모난 벽과 둥그런 원뿔형 기둥이 솟구쳤다.

"뭐, 뭐냐?"

"아무런 기척도 없이……."

갑작스런 변화에 오절은 당황했으나 그것을 기화로 서로의 눈을 마주할 수 있었다.

개개인도 안 되고 합공으로도 안 되는 괴물을 상대로 할 수 있는 방법은 이제 없었다.

도망?

용악이 그런 것을 허락할 리가 없었다.

오절은 전력을 다해 동귀어진을 각오한 공격을 펼쳤다.

쑤— 악!

오절이 공격을 펼치기 전에 솟아오른 흙들이 무너지며 용악을 덮었다.

흙 때문에 용악은 가려졌으나 오절은 노출되었다.

콰콰콰!

용악을 덮었던 흙들이 일제히 하늘로 솟구쳤다.

흙 알맹이 하나하나에 진기를 실어 날렸으니 그 개개의 것이 모두 암기였다. 그런 암기를 무방비 상태로 받아들여야 했던 오절의 몸에는 수십 개의 구멍이 났다.

"이길 줄 아는 자가 죽일 줄도 안다."

용악은 오절의 시체와 함께 땅으로 떨어지는 흙을 외면하며 돌아섰다.

"주군, 멋졌습니다."

돌아선 용악의 눈에 엉망이 된 악승이 보였다.

"일부러 불쌍한 척하려는 거야?"

"풉. 그럴 리가 있겠습니까? 에구구, 그저 몸이 좀 낡았다는… 거죠."

악승이 인상을 쓰며 배를 조심스럽게 쓰다듬었다.

배를 다쳤다는 것은 진짜 실력을 드러내지 않고는 상대하기 힘들었다는 것을 뜻했다.

"주군, 그건 뭐라고 하는 겁니까?"

"뭐?"

"조금 전에 펼친 무공이요."

"일흡 기벽에 면과 곡을 섞어서 응용한 거야."

"…일흡… 면… 곡……."

"그런 게 있어."

"…예."

악승은 용악의 말을 이해하려는 노력을 깔끔하게 포기하고 웃기만 했다.

"가자."

용악도 지쳤는지 낮게 숨을 내쉬었다.

악승이 문을 열려 서둘러 다가오자 용악은 괜찮다며 문고리를 잡고 밀었다.

쾅!

"······!"

느닷없이 날아온 물체가 용악을 때렸다.

第十章
도왕

천산마제

'어?

용악은 갑자기 눈앞이 환해지며 자의가 아닌 타의에 의해서 어디론가 날려갔다.

아프다.

용악이 제일 먼저 떠올린 생각이었다.

퍽!

어딘가에 박혔다.

'윽!'

일어나려 하자 목이, 어깨가, 손이, 그리고 내장까지 안 아픈 곳이 없었다. 소리 내기도 힘들었다.

팔절을 상대하느라 지쳤다고는 해도 어느 한 부위를 정한

도왕 289

공격이었다면 용악이 이토록 쉽게 나가떨어질 리가 없었다.

한 점에서 시작된 공격이 전신으로 퍼졌다.

'이건… 팔절과 싸우면서 깨달았던 '면과 곡'의 조합?'

불과 조금 전까지만 해도 새로운 방식을 깨달았다고 좋아했던 용악이 그 반대 상황이 되고 만 것이다.

평상시라면 아는 방식이기에 기척을 느낄 수도 있었겠지만 현재로선 쉽지 않았다.

'마음에 들지 않아.'

용악은 몸이 뜨거워졌다.

용악보다 자유롭게 이런 공격이 가능한 자가 있다는 것이 마음에 들지 않았다.

천마수가 투명해지며 용악의 지친 몸과 하나가 되기 시작했다. 천마의 무공을 시전하는데 최적의 몸을 만들기 위해 알아서 반응을 일으킨 것이다.

'……!'

용악은 정신이 없는 와중에도 재빨리 몸을 비틀었고, 그런 뒤 다시 반대 방향으로 회전시키며 돌았다.

쉬쉬쉬—

누군가 따라오는 소리가 들렸다.

눈을 감은 것이 아니었음에도 형체가 보이지 않았다.

겨우 십여 장 정도 이동했을까?

용악은 소리가 빨라지는 것을 느끼며 또다시 방향을 전환했다. 그러기 위해선 멈춰야 했고, 멈춘 그 찰나의 시간 동안 피할 곳을 찾았다.

'저기.'

눈에 보이면 몸이 이미 그곳으로 이동하고 있다는 천마등등 공의 구결이 머릿속으로 빠르게 지나갔다.

이해와는 무관한 상황이었다.

그래야 하기 때문이다.

다행히 용악의 몸은 머리보다 빨랐다.

쉬아악—!

거친 소리가 간발의 차이로 비켜갔다.

펑!

"후우… 후우……"

용악은 자신 대신 날아간 것을 돌아봤다.

와르르르!

정문 좌측에 있던 벽에 무수히 많은 균열이 그어지더니 급기야 무너져 내리고 있었다.

벽에 구멍 뚫는 것 정도?

용악에겐 아무것도 아니었다.

그러나 용악은 무너지기 직전의 모습을 봤다.

아주 작은 구멍에서 시작되는 균열이었다.

용악의 귀에 들렸던 그 '셩셩' 거리던 물체가 만들어낸 것치고는 너무 작았다.

몸을 이리저리 만져 보았다.

"그걸 피하다니 용하구나."

노인이었고, 도를 들고 있었다.

그가 어떤 노인인지는 굳이 알 필요 없었다.

용악은 희미하게 웃었다.

느닷없이 무자비하게 도를 휘두른 자가 노인이란 사실을 안 것만으로도 충분했다.

"당신의 암습에 당하기 전이었다면 피해야 하는 쪽은 내가 아니었을 거야."

용악은 당해놓고도 전혀 위축된 표정이나 말투가 아니었다.

그런 행동이 노인에게 좋게 보일 리 없었다.

"허허허. 내게 그런 식의 말을 하다니 믿을 수가 없구나."

척.

'……!'

노인의 신형은 찰나에 용악의 앞까지 와 있었다.

무서운 신법이 아닐 수 없었다. 마치 천마등등공을 용악보다 노인이 더욱 잘 아는 것 같은 착각까지 들 정도였다.

"너는 십인회와 무슨 관계더냐?"

노인은 용악의 손이 제 것이라도 되는 양 아무렇지도 않게 들어 올리며 물었다.

무척 차가운 눈빛이었다.

"아무 관계도 아니다."

"허허. 말투… 하고는."

노인은 차가운 눈으로 용악을 노려보다가 고개를 뒤로 돌렸다.

"저 청년이 십인회와 무관한 것은 사실입니다, 도왕."

항해민이 난처한 표정으로 대답해 주었다.

'도왕?'

용악은 노인의 정체를 알자 이대로 가만히 있어서는 안 된다는 생각이 번뜩 떠올랐다.

"아무 관계도 아닌 걸 알았으면 이 손 좀 놓아주겠소?"

"허허. 그래야지. 네가 용악이란 아이가 아니라면 말이야."

뒤에 한 말은 용악만이 들을 수 있을 정도로 작았다.

용악은 그제야 도왕이 왜 이곳에 나타났는지 이유를 알 수 있었다. 임중걸과 묵도의 두 원로가 했던 경고가 떠오른 것이다.

"내 이름이 용악인 것은 맞소."

도왕이란 이름이 밝혀졌는데도, 도왕이 왜 자신을 찾아왔는지도 알았으면서도 용악은 굽히지 않았다.

"이런, 오해가 있었군. 사람들이 다들 자네가 나오는 걸 보고 긴장을 하기에 십인회? 거기 놈들인 줄 착각했지 뭔가?"

도왕은 사과를 하는 척하며 용악의 완맥을 조금 더 세게 쥐었다.

이대로 죽일 수도 있다.

눈빛이 그렇게 말하는 것 같았다.

도왕의 손에서 흘러나온 엄청난 양의 진기가 용악의 심맥을 타고 안으로 들어왔다.

'이, 이건!'

용악의 몸속으로 들어온 도왕의 진기가 갑자기 폭발을 일으켰다.

모든 무공에는 특성이란 것이 있게 마련이다. 용악의 진기가 순간적인 폭발성을 지니고 있다면, 검왕의 진기는 시간이 흐를수록 커지는 특성이 있었다.

하나 도왕의 진기는 양쪽 모두를 지녔다.

용악의 몸으로 들어올 때는 대하처럼 도도하더니 갑자기 사나운 폭풍이 되어 용악의 심맥을 끊어버릴 것처럼 변했다.

"허! 팔을 크게 다쳤군. 혹시 내가… 어허, 오해가 조금 빨리 풀렸으면 이런 일도 없었을 텐데… 미안하네. 내가 좀 지나쳤나……."

도왕은 용악의 손을 들어 올리며 상심한 표정을 지었다. 도왕의 표정만 봐서는 우연히 다친 것으로 착각하기에 충분했다.

그때였다.

"물러서."

장절과 수절에게 입은 내상을 무시하고 악승은 살기를 최대한 끌어올렸다.

"허허허. 내, 미안해서 치료라도……."

도왕은 악승의 오해를 풀어주기라도 하는 것처럼 용악의 팔을 들어 올리며 말을 이으려 했으나, 악승은 그런 말을 믿어주기엔 지나치게 오랜 연륜을 지니고 있었다.

"주군께 손 떼라고 했다!"

악승의 손에서 풍령구(球)가 만들어지자마자 도왕의 얼굴을 향해 날아갔다.

쾅!

악승의 풍령구가 땅을 때렸다.

"허허허. 이것 참, 오해를 풀려면 손이라도 써야 하는 건가……."

도왕은 한쪽으로 이동한 채 용악을 아쉬운 눈으로 바라보았다. 그 눈에는 걱정이 아닌 다른 감정이 담겨 있었다, 아쉬움이란 감정이.

"오해? 뿌하! 오해?"

악승이 코웃음을 치며 용악의 앞을 막아섰다.

"주군에게 일부러 다가가 손을 못 쓰게 만든 것도 오해 때문이냐, 도왕!"

"허허허. 지금 나를 모함하려 하는 건가?"

도왕이 갑자기 정색하며 악승을 바라봤다.

그러자 태산과 같은 위압감이 악승의 전신을 눌렀다.

평상시의 악승이라도 견디기 힘든 중압감이 몰려들었다.

"나, 도왕이네. 고작 저런 허약한 청년을 죽이려고 움직일 사람으로 보이나?"

'그렇다!'

악승은 안간힘을 다해 소리쳤으나 입술이 벌어지지 않았다.

이미 악승의 주위 공간은 도왕에 의해 강압적인 지배 상태가
된 것이다.

"…주군… 몸… 그, 그깟… 부, 부러… 으으으! 약하지… 않
다. 컥! 와, 완……."

"감히!"

도왕은 악승이 완맥이란 말까지 하려 하자 참을 만큼 참았
다는 듯 호통을 쳤다.

"부정하……."

말은 끝까지 하지 못했지만 악승은 눈빛으로 나머지 말을
했다, 부정할 거냐고.

"허허. 사파의 악도라 다르긴 다르구나."

도왕은 노기 띤 얼굴로 악승을 노려봤다.

그러나 눈동자는 악승이 아닌 사마화인 등이 있는 곳으로
돌아가 있었다.

사람들이 악승의 말을 어느 정도나 믿고 있는지 확인하려는
행동이었다.

그때, 도왕의 신경을 건드리는 목소리가 들려왔다.

"휴, 이제야 좀 움직일 만하네. 도왕, 아직 악승에게 할 말
이……."

"……!"

도왕은 한쪽 눈썹을 치뜨며 용악의 말이 끝나기 전에 움직
이려 했다. 용악이 더 기운을 차리기 전에 손을 써서 입을 막
으려는 것이다.

그러나 도왕의 파렴치한 짓을 눈치채고 있는 악승이 가만히 둘 리가 없었다.

용악 덕분에 압박이 사라진 악승은 곧장 몸을 날려 용악의 앞으로 움직였다.

"악승, 괜찮아."

용악은 한쪽 팔을 쥔 채 일어났다.

"정말 괜찮은가?"

도왕이 의미심장한 말을 건넸다.

"훗. 그 정도쯤이야 매일 당하고 살아서. 숨 좀 돌리면 괜찮아질 거요."

용악은 도왕을 보며 희미하게 웃었다. 그러고는 도왕이 심맥을 파열했다고 여기는 손을 쥐락펴락해 보였다.

'우, 움직여? 심맥을 파열시켰는데?'

도왕의 한쪽 눈썹이 올라가서 내려오지 못했다.

용악이 말을 할 수 있다는 것도 놀랍지만 그보다는 자신이 실수를 했다는 생각에 짜증이 난 까닭이다.

'천마수가 아니었으면 꼼짝없이 당할 뻔했다.'

용악은 도왕의 짜증스러운 표정을 보자 오히려 웃었다. 악승과 나누는 대화를 모두 들은 후였다. 도왕은 사람들에게 과할 정도로 신경을 쓰고 있었다.

"다시 해보겠소?"

"뭘 말인가?"

"아까 하던 것."

"하던 것? 허허. 오해가 아직도 안 풀렸나 보군. 본 도왕은 자네가 십인회의 악도인 줄 알고 혼을 내주려 했을 뿐일세. 그렇지 않다는 것을 알았는데도 손을 쓴다면 세간에서 본 도왕을 어떻게 보겠는가?"

다른 사람이었다면 죽어도 하나 이상할 것 없는 공격을 퍼부어놓고, 사과보다는 자신의 체면 때문에 손을 거두겠다?

용악은 어이없는 도왕의 대답에 웃기만 했다.

"그나저나 자네가 익힌 무공은 치유력이 하늘에 닿은 모양이군. 사문이 어딘가?"

도왕은 슬그머니 말을 돌렸다.

용악을 죽일 명분이 사라진 이상, 적당히 화해하는 척하고 다음을 기약하는 편이 낫다는 판단을 내린 것이다.

"내 사문이라… 악승, 내 사문을 어디라고 해야 하는 거지?"

용악은 사문을 혈교라고 해야 할지, 사림이라고 해야 할지 선뜻 결정을 내리지 못하고 악승에게 물었다.

"천마의 후예께 사문이 어디 있겠습니까? 천하 사파의 종주이실 뿐입니다."

악승은 마지막 말에 힘을 주어 대답했다.

지극한 공경의 마음이 그 목소리에 그대로 담겨져 있었다.

"천마? 사파의 수괴인 그 천마를 말하는 건가?"

도왕의 눈에서 묘한 빛이 일렁였다.

용악의 정체를 몰랐을 때는 조금 전과 같은 방법을 사용해야 됐지만, 천마라면 얘기는 달라질 수 있었다.

사파의 수괴.

일부러 그렇게 불렀다, 듣고 있을 사람들에게 천마에 대한 인식을 되새겨주기 위해서.

"그놈의 사파……."

용악은 자신도 모르게 웃음이 나왔다.

헌원경에게 들었던 말을 또다시 듣게 되니 오히려 반갑기까지 했다.

"총령, 본 도왕이 오랫동안 강호에 나오질 않아서 헷갈리고 있네. 십인회와 천마. 둘 중 누가 더 악도인가?"

도왕은 용악의 말이 끝나자마자 사마화인에게 물었다.

용악의 대답을 들은 사마화인의 반응은 뻔했다. 이제 용악에게 손을 써도 될 충분한 명분이 생긴 것이나 다름없었다.

"하하하! 이번엔 천마의 후예인가?"

'응?'

사마화인이 갑자기 터뜨린 파안대소에 도왕은 물론이고 지켜보던 사람들이 황당한 표정을 지었다.

용악에게 하는 말은 분명한데 적대감보다는 오히려 친근감이 강했기 때문이다.

"사마 총령님?"

항예연이 황당한 표정으로 사마화인을 돌아봤다.

가만히 있으면 알아서 해결될 일에 왜 나서냐는 눈이었다.

"십절과 천마 중에 누가 더 악도냐는 질문에는… 당연히 십절이라고 말해 드리고 싶습니다, 도왕."

"허!'

도왕은 사마화인의 대답에 못마땅한 표정을 여실히 드러냈다. 용악을 죽일 명분을 만들기 위해 애쓴 보람이 그 말 한마디로 날아가 버렸으니 당연한 반응이었다.

"저 사람이 혼자 나왔다는 것은 십절이 모두 죽었다는 것을 의미합니다. 혼자서 금지된 무공을 익힌 자들의 수괴들을 처리했습니다. 개인적인 것은 개인적인 것이고… 공과 사는 구별해야죠. 십절이 저지른 만행은 저 사람과 비할 바 없이 악독했습니다."

"허허. 총령의 생각이 그렇다면……."

도왕은 굳어진 표정으로 고개를 돌렸다.

용악을 더 보고 있다가는 살심을 주체하기 힘들 것 같아 취한 행동이었다.

"악승, 꼬리를 마는데?"

"……!'

돌아서던 도왕이 그 자리에 딱, 멈춰 섰다.

"주, 주군……."

악승은 세모꼴 눈을 크게 뜨며 용악을 쳐다봤다. 하나 용악의 말은 아직 끝나지 않았다.

"도왕, 돌아가면 제자와 원로들에게 내 안부나 전해주시오."

용악의 말이 채 끝나기도 전에 도왕의 신형이 무서운 속도로 되돌아섰다.

용악은 그 말을 하지 말았어야 했다.

살 수 있는 기회를 젊음이 가지는 만용 때문에 저버리기로 한 것이다. 도왕에겐 그렇게 받아들여졌다.

"지금 뭐라고 했느냐?"

도왕은 천천히 돌아서며 되물었다.

"그 제자의 이름이… 아, 임중걸이라고 했던 것 같소. 그 사람과 묵도의 두 원로를 만난 적……."

"총령! 본 도왕이 강호출입을 삼간 지 벌써 몇십 년이 지났네. 이 악도가 없는 말을 지어내도 참아야 하겠는가?"

사마화인은 아무 말도 하지 못했다.

"다른 건 다 참아도 본 도왕의 제자와 묵도의 원로들을 함부로 입에 담는 것은 용서가 안 된다. 그것을 금기라고 한다."

도왕의 몸에서 살기가 실처럼 퍼져 나갔다.

용악을 죽이기로 마음먹은 것이다.

"도왕께 감히 한 말씀드리겠습니다."

사마화인이 또다시 끼어들었다.

도왕의 볼이 씰룩거렸다.

"그자는 지금 내상을 입은 상태입니다. 그런 자를 상대로 도왕께서 손을 쓰신다면 안 좋은 소문이……."

사마화인은 말끝을 흐리며 입을 닫았다. 적당한 자극으로 도왕의 마음을 돌리기 위해선 그래야 했다.

"소문? 총령은 본 도왕이 하찮은 소문에 연연할 사람으로 보이는가? 허허허."

"결코 그렇지 않습니다. 다만, 다시는 그런 말을 입에 담지 못하도록 따끔한 훈계를 내려주시는 편이 좋아 보입니다. 그러다 죽게 된다면… 그것은 전부 저 사람의 몫이 될 테니까요."

사마화인은 이런 일이 있을 줄 미리 알고 있기라도 한 사람처럼 시원하게 방법을 제시했다.

'훈계?'

도왕은 잠시 주저했다.

말이 좋아 훈계지 비무나 다름없었다. 엎어치든 매치든 용악을 죽일 수 있는 것이다.

"허허허. 훈계라… 괜찮군. 적당해."

"그럼 일 초 정도로 한정을 두심이 좋겠습니다."

"일 초?"

"그 이상 손을 써도 괜찮으시겠습니까?"

"음?"

도왕은 자신도 모르게 움찔거렸다. 그러다 일 초라는 의미를 떠올리고는 다시 웃음을 되찾았다.

사마화인은 아마도 도왕이 일 초로는 용악을 죽이지 못할 거라 여기는 것 같았다.

도왕에겐 묵월천앙도 외에도 봉황무적도가 있었다, 봉황의 울음소리를 들으면 그때부터 지옥으로 변하는 기이한 도법이.

사마화인은 도왕이 묵월천앙도를 펼칠 것이라 예상하고 한 말이겠지만, 도왕은 일 초로 정해진 이상 굳이 묵월천앙도를 고집할 필요가 없었다.

　"일 초로 가능할지 모르겠군."

　용악은 묻지도 않은 대답을 했다.

　일 초로는 도왕을 죽이기 힘들지도 모르겠다는 의미의 혼잣말을.

　"허허허. 건방만으로는 하늘이라도 찌를 기세로구나."

　"건방이 아니란 건 당신이 이미 알고 있잖아?"

　용악은 도왕을 향해 담담하게 웃어주었다.

　도왕에게 당한 손이 아직도 불에 덴 것처럼 화끈거렸다. 가볍게 몸을 털고는 한 발을 내디뎠다.

　퉁!

　땅이 용악의 명령을 듣기라도 한 것처럼 거북한 소음과 함께 일어났다.

　"그런 장난이 본 도왕에게 통할 거라 여기느냐?"

　도왕은 묵도 대신 일어나 다가오는 흙덩이를 향해 손을 그었다.

　번쩍!

　손에서 나온 수강이 흙덩이를 반으로 자르고 그대로 용악에게 날아갔다. 하나 긴장해야 하는 용악은 다가오는 수강을 보지도 않고 고개를 돌리고 있었다.

　순간, 용악의 신형이 아무런 예고도 없이 사라졌다.

점과 점이다.

공간을 압축하는 천마등등공이 시전된 것이다.

"어설픈 재주."

텅!

이번엔 도왕이 바닥을 찼다.

용악처럼 땅이 일어나긴 했는데 그 형태는 많이 달랐다. 구름이라고 해도 속을 만큼 회색빛 안개가 용악을 향해 몰려갔다.

피하면 그만이었다.

그러나 용악은 다가오는 먼지구름을 빤히 쳐다봤다.

'저 안에 무엇을 감췄을까?'

용악은 이미 도왕에게서 면의 원리를 본 후였다. 그것이 자신의 면의 원리와 어떻게 다른지 알고 싶었다.

손을 들어 먼지구름을 밀어내려 했다.

"변과 허의 구분은 눈으로 봐선 안 되느니."

"……!"

용악은 머리칼이 바짝 서는 것을 느꼈다.

도왕이 어느새 용악과 삼 장여 떨어진 곳으로 이동해 있었다. 실망스러운 눈이었다.

'저 눈에 반응하면 안 된다.'

검과 도와 권에 있어서는 천하제일인인 세 사람.

검왕, 도왕, 권왕.

용악은 검왕을 알고 있었다. 그의 무공을 알고 있었다. 그의 굳건한 마음을 알고 있었다.

그러나 순식간에 거리를 좁혀 언제든 용악을 죽일 수 있다는 저 자신감에 찬 눈.

기회만 된다면 기습도 마다하지 않는 자라고는 믿을 수 없을 정도로 지독한 강함이 느껴질 뿐이었다.

싸움은 아직 시작도 안 했는데 몸이 떨려왔다.

용악은 그것이 팔절과의 싸움에서 많은 진기를 소모한 탓이라고 여겼다.

기척도 없이 용악의 주위로 무형의 기벽이 일어났다.

쾅!

"……!"

무형의 기벽이 세워진 것을 어떻게 알았는지 도왕은 간단한 손짓만으로 용악의 전신을 통째로 뒤흔들어 놓았다.

이후에도 도왕의 여유로운 행동은 계속됐다.

용악이 움직이면 더 빨리 움직였고, 용악이 공격하면 반격은 하지 않은 채 여유롭게 받아냈다. 마치 얼마든지 해보라는 식이었다.

그런 생각을 했다는 것이 용악을 화나게 만들었다.

용악은 천마십이수를 전력으로 펼쳐 도왕을 움직이게 하려 했다. 하나 천마십이수는 도왕의 근처에도 가기 전에 사방으로 휘어져 버렸다.

도왕은 또다시 얼마든지 해보라는 미소를 지었다.

'……!'

용악의 눈빛이 사납게 변했다.

호흡을 짧게 끊어 마시고는 전신에 천마신공을 끌어올렸다.

ㄷㄷㄷㄷ—!

땅이 요동을 쳤다.

용악이 보기에 도왕의 눈빛이 살짝 변한 것도 같았다. 하나 곧 용악이 만들어낸 진동을 단번에 제압해 버리는 기운이 허공에서 일어났다.

도왕의 묵도였다.

웅웅웅!

묵도가 울어댔다.

퍼지려 하는 용악의 기운과 누르려 하는 도왕의 기운이 보이지 않는 경계에서 부딪치며 빛들이 번쩍였다.

빛들에 스친 건물들이 가루가 되어 날렸고, 가루들이 두 사람의 위로 내려앉았다가 재로 화했다.

푸스스—

시간이 지날수록 용악의 표정은 상기되어 가는 반면, 도왕의 표정은 처음과 마찬가지로 변함이 없었다.

묵도를 통해 진기를 보내면서도 언제든 따로 움직일 준비가 끝난 것이다.

쩌정—!

대리석 바닥도 아닌데 용악의 발아래가 거미줄처럼 갈라지기 시작했다.

'이것 또한 면이다.'

용악은 도왕의 공격이 한 곳을 향한 것이 아니라 머리부터 어깨까지 한꺼번에 눌러오는 것을 느꼈다.

'면?'

용악은 도왕의 기운에 대항하다 땅에 묻힌 발을 쳐다봤다. 그러고는 어이없다는 표정으로 웃음까지 지어 보였다.

'그만큼 버텼으면 충분하다.'

도왕은 용악의 웃음을 포기한 것으로 간주하고 느긋하게 손을 풀었다. 그러고는 묵도를 손끝으로 가리켰다가 무섭게 내렸다.

쿠앙―!

'내 얼굴에 먹칠을 한 죗값이다.'

도왕은 결과를 보지도 않고 돌아서며 손을 등 뒤로 돌렸다. 묵도를 받으려는 행동이었다.

돌아선 도왕의 눈에 경악과 감탄에 찬 사람들의 표정이 들어왔다. 특히, 사마화인의 표정이 압권이었다. 눈동자를 쉴 새 없이 떨며 감격에 겨워했다.

"허허허. 총령, 당연한 것일세."

"……."

사마화인은 대답도 하지 못했다.

도왕의 입장에서야 봉황무적도의 위력이 묵월천앙도에 못 미친다고 생각할 수 있지만, 범인의 눈으로 보기엔 엄청났던 모양이다.

"허허. 그만해도 괜찮네. 총령은 처음 봐서 그런 것이야. 사실 봉황무적도를 실제로 본 사람은… 많지……."

도왕은 그제야 뭔가 이상함을 느끼고 다른 사람들을 돌아봤다. 염제, 항해민, 항예연이 모두 도왕을 보고 있었다. 아니, 도왕 쪽을 보고 있었다.

'……!'

도왕의 표정이 딱딱하게 굳었다.

일어날 수 없는 일을 떠올린 까닭이다.

천천히 뒤로 돌아섰다.

헝클어진 머리칼과 축 늘어진 어깨, 그리고 찢어진 의복을 입은 청년이 그곳에 있었다. 천마의 진전을 이었다는 애송이가 죽었어야 할 곳에 있었다.

"허… 허허……."

도왕은 실소를 흘렸다.

기가 막혀 웃음도 제대로 나오지 않았다.

"후우……."

용악이 길게 숨을 내쉬고는 짧게 서너 번 더 호흡을 내뱉은 후 팔을 움직였다.

"다시."

용악은 헝클어진 머리칼을 한 손으로 쓸어 넘겼다.

눈빛이 살아 있었다.

'그걸 피했다고?'

도왕은 묵도가 내리꽂힐 때를 떠올렸다. 그러고는 용악의 전신을 훑어보았다, 머리에서부터 발끝까지.

그때, 도왕의 시선이 용악의 발에 닿아서 떨어지지 않았다. 용악의 발등이 여전히 자리에 박혀 있었다. 피하지 않았음을 의미했다.

"허허허. 치유력뿐만 아니라 운도 하늘에 닿은 자로구나."

도왕이 강하게 반응하면 오히려 용악이 부각될 상황이었다. 도왕은 아무렇지도 않은 척 아쉬운 표정만 살짝 지었다.

속으로는 용악이 어떻게 봉황무적도를 막았는지 궁금해 미칠 지경이었다. 사마화인이고 뭐고 당장 손을 써 죽여 버리고 싶었다. 아주 간단한 동작 하나면 끝날 일이 엉망이 된 것이다.

"오늘 크게 안계를 넓혔습니다, 도왕."

사마화인이 진심을 담아 도왕에게 포권을 취했다.

"역시 도왕이십니다."

"실로 감탄할 뿐입니다."

염제와 항해민의 입에서 동시에 도왕을 극찬하는 말이 흘러나왔다.

"허허허. 앞으론 무슨 일을 벌이든 이 묵도를 생각해야 할 게야. 매번 운이 따라주진 않으니까 말이야."

도왕은 사람 좋은 웃음으로 마무리를 하고는 돌아섰다. 그러고는 조금도 위안이 안 되는 감동 가득한 얼굴들을 보며 활짝 웃어주었다.

"총령, 가세."

"예."

사마화인은 앞장서서 몇 걸음 옮기다 슬쩍 뒤를 돌아봤다.

용악과 사마화인은 전혀 다른 길을 가고 있었다.

그런데 왜 용악이 마음에 드는지 사마화인은 자신도 알 수가 없었다.

도왕 등이 완전히 시야에서 멀어졌을 때였다.

"한 번 더 했으면……."

용악이 아쉬운 듯 입을 열었다.

"주군, 돌아가시죠."

악승은 용악의 입에서 엉뚱한 말이 나올까 봐 서둘러 떠나길 종용했다.

"악승."

"예, 주군."

"날 믿어."

"믿습니다."

"한 번 더 했으면… 내가 이겼다."

마지막 도왕의 공격은 용악의 예상대로 면의 공격이었다. 용악은 발등까지 들어간 후에야 깨달았다. 면은 면으로 깨는 것이 아니라, 점으로 깬다는 것을.

쿵!

용악이 가볍게 땅을 굴렀다.

"주군……."

콰콰콰콰!

악승이 용악의 몸이 걱정되어 한마디 하려는 순간 갑자기 용악과 악승을 기준으로 반경 삼 장 안의 땅이 꺼져 버렸다.

"이, 이건……."

"믿으라고 했잖아, 한 번 더 했으면 내가 이겼다고."

용악은 '픽' 웃었다.

그러나 악승이 볼 때, 용악의 부스스한 머리칼 때문에 그 모습이 그다지 보기 좋지는 않았다.

〈제5권 끝〉

저작권 보호!!
장르문학의 성장에 힘이 되어주십시오.

저작물의 무단 전재와 복제, 불법 다운로드!
이것은 관심이 아니라 무관심입니다!

작가님들은 창의적 열정과 시간을 투자해 자신의 꿈과 생계를 유지합니다.
한 권의 책을 만들어 많은 사람들은 자신의 인생과 미래를 설계합니다.

저작물 속에는 여러 사람의 노력과 희망이
담겨 있습니다!

저작물의 무단 전재와 복제, 불법 다운로드는 여러 사람들의 꿈과 생계를
위협함으로써 장르문학을 심각한 상황에 빠뜨리고 있습니다.

이제는 무관심이 아니라 관심으로 장르문학의
성장에 힘이 되어주세요.

[도서출판 청어람은 항시적인 저작권 보호를 통해 장르문학과
여러분의 희망을 지키겠습니다.]

도서출판 청어람

일류 新무협 판타지 소설

天山魔帝

천산마제

내일을 기약할 수 없는 땅, 천산.
소녀로부터 은자 한 닢의 빚을 진 소년 용악,
청년이 된 용악은 천산의 하늘이 된다.

하늘을 가르고 땅을 뒤엎는다!
한 호흡에 만 개의 벽(壁)!!
지금껏 내게 이빨을 드러낸 것들은 모두 죽었다.

은자 한 닢의 빚을 갚으며 시작된
십천좌들과의 승부.
오너라! 천산의 제왕, 천산마제가 여기 있다!

유행이 아닌 자유추구 -
WWW.chungeoram.com
Book Publishing CHUNGEORAM

유행이 아닌 자유추구 -
WWW.chungeoram.com
Book Publishing CHUNGEORAM

長虹貫日
장홍관일

월인 新무협 판타지 소설

세상은 언제나 정의가 승리하고,
그래서 사필귀정(事必歸正)이라고?

개소리!

세상은 나쁜 놈들이 지배하지.
그러나 그놈들은 아주 교활해서 절대로 나쁜 놈처럼 안 보이지.
현재 무림을 지배하고 있는 백도의 어떤 인간들처럼……

암제혈로

설경구
新무협 판타지 소설

—떠나세요, 가능한 한 멀리.
—하나만 기억하세요. 일단 살아남아야 후일을 도모할 수 있습니다.
—떠나.

오랫동안 연락이 두절되었던 이들이 약속이라도 한 듯 찾아와
꺼낸 이야기들과 함께 시작되는 집요한 추적.
그리고 거대한 음모에 휘말려 억울한 누명을 쓴 채로
오직 살아남기 위해 필사적으로 도주하는 한 사내, 진가흔.

"왜 하필 나입니까?"
"자네가 가장 적당하기 때문이지."
"아시겠지만 그를 죽인 것은 제가 아닙니다."
"물론 알고 있네. 그런데 말일세… 그래도 그를 죽인 것이 자네라는
사실은 변하지 않네."

누구를 믿어야 할까.
적어도 명확하지 않은 상황에서 이유조차 모른 채 도주하던
한 사내의 역습이 시작된다.

유행이 아닌 자유추구 -
WWW.chungeoram.com
Book Publishing CHUNGEORAM